HAPPY LOVE

欣欣向爱

喜欢你这件(dà)小事

XIHUAN NI
ZHE JIAN XIAOSHI

沈熊猫 著

百花洲文艺出版社
BAIHUAZHOU LITERATURE AND ART PRESS

图书在版编目（CIP）数据

喜欢你这件小事 / 沈熊猫著． — 南昌 ： 百花洲文
艺出版社， 2017.12
　ISBN 978-7-5500-2524-0

　Ⅰ．①喜… Ⅱ．①沈… Ⅲ．①言情小说－中国－当代
Ⅳ．① I247.5

中国版本图书馆 CIP 数据核字（2017）第275559号

出 版 者　百花洲文艺出版社
地　　址　江西省南昌市红谷滩世贸路898号博能中心 A 座20楼　邮编：330038
电　　话　0791-86895108（发行热线）0791-86894790（编辑热线）
网　　址　http://www.bhzwy.com
E - mail　bhzwy0791@163.com

书　　名　喜欢你这件小事
作　　者　沈熊猫
出 版 人　姚雪雪
出 品 人　余　言
监　　制　楚　河
责任编辑　王俊琴 李　瑶
特约编辑　宁为玉 胡依念
装帧设计　香菜工作室
封面插画　吴都 Jasmine
经　　销　全国新华书店
印　　刷　湖南凌宇纸品有限公司
开　　本　880mm×1230mm 1/32
印　　张　8
字　　数　184千字
版　　次　2018年4月第1版
印　　次　2018年4月第1次印刷
书　　号　ISBN 978-7-5500-2524-0
定　　价　29.80元

赣版权登字：05-2017-456

C O N T E N T S

目 录

C O N T E N T S

目 录

第一章

若你遇到他

若有人告诉沈橙橙，这个世界上有人帅过林唯一，沈橙橙一定会问清那位帅哥的地址，然后，马不停蹄地冲入他家，把那位帅哥的脸给刮花。

她心目中的世界第一帅，当属林唯一。

沈橙橙审美无恙，看人更是挑剔。她喜欢的少年永远高高瘦瘦，脑袋上戴一顶棒球帽。脸蛋一定要清秀俊俏，眼神一定要坚定温柔。

旁人笑她："这么多条条框框，你不怕谁也放不进你的理想模板？"

她摇头，很认真地告诉别人："这人我已经见过，他叫林唯一。"

林唯一，自小学开始，便和沈橙橙同校。两人虽不同班，但乘车回家时，总是一前一后、一左一右。他们互不相识，巴士上相邻而坐便是最近的交情。

升到初中，沈橙橙读七年级，林唯一在隔壁的二中。有一次，班里的同学吵架，男生女生互相将对方的书包甩到隔壁院墙。其中一人失手，直直将书包砸到了对面楼的窗户上。顿时，二中某班的学生纷纷探出脑袋，沈橙橙临窗，一眼便看到了眉眼俊秀的林唯一。

吓得她当场摆正了脑袋，绊动了脖颈上的经脉，一个月都没办法正正经经地扭头看人。

那阵子，她龇牙咧嘴，总在暗想，对方本来就不认得她，她自作多情个什么劲？

高中时，沈橙橙在入学仪式上又见到了林唯一。发现他晒黑了，人也瘦了，不过显得更高了。有时侧身而过，她都忍不住偷偷伸手做比较，原来不算矮的自己，在他身边勉强只能够到他的下颌。

从年少仰望，一直到如今失去消息。林唯一永远是少女时代的沈橙橙心里独一无二的白月光。

她甚至连伸手触碰的勇气都没有，生怕惊动了心底这一缕无与伦比的美好。她永远都是看着他的背影轮廓，看着他对别人笑的样子。

当他笑的时候，沈橙橙才真正知道了什么叫作百花齐放。

当她把这样诗意的话传达给自己的两位好友时，苏莫青青搓了搓自己身上乍起的鸡皮疙瘩说："你昨晚是不是洗完澡，没穿衣服感冒了？"

夏颜则毫不留情地说："你不是鼻敏感吗，还百花齐放？分分钟进医院的节奏。"

两位好友窃窃私语着，最后，得出的结论是："这孩子有点傻。"

大学之后，林唯一音讯全无，即使沈橙橙想打听，也有点无从下手。粉色的梦，瞬间，碎成了灰色的齑粉。

这天，苏莫青青和夏颜约沈橙橙出来打网球。三人轮替交战，打了四局，夏颜扔下球拍说："姐姐们，我们休息一会儿再战。"

打网球消耗量大，其余两人也不好受。苏莫青青和沈橙橙纷纷点头，三人躲在遮阳棚下，一边喝水一边聊天。

她们三个人是初中时的同学，但成为好友，还是高中的事情。三个人性格迥异，但并不妨碍她们的友谊，虽然，偶有争吵，但最后，还是会哭着和好。

若是有旁人观看她们争吵又和好的大戏，只怕会拍掌称快，因为简直比电影还要精彩。

不过这又如何，反正时光兜转，人生的车轮向前，碾不断，绞不烂的还是三人之间的感情。

夏颜咬着吸管，左手五指轮替叩击着桌面。她踌躇良久，想了又想，最终还是喊了一声："沈橙橙。"

"嗯？"沈橙橙应了一下。

"有件事情，不知当讲不当讲。"

一向大大咧咧的夏颜眼神变得有些躲闪，她那双大眼睛第一次没敢直视沈橙橙，一反常态，盯着桌面上磨花的玻璃，不知道想看出个什么来。

"这话有点意思，不知道当讲不当讲，那就是不当讲的话，讲出来会得罪人，所以，才提前知会一声。"坐在一边的苏莫青青插嘴道。

夏颜瘪了下嘴，给了苏莫青青一个白眼。

沈橙橙一边搅着橙汁一边说："还有什么好怕得罪的，我们三个人早把对方得罪干净了，我们的友谊都不知道是靠什么维系下来的。"

"靠天意吧？"夏颜朝天翻了个白眼。

苏莫青青忍不住笑了。

苏莫青青是三个人里长得最美的一个，此时，她目光流转，整张脸都变得生动起来。忽然，隔壁球场里传来一声"嗷"叫，看样子是被网球砸中了哪里。这时，另一个男生大吼道："谁叫你刚才光顾着看美女去了！"

沈橙橙和夏颜不做他想，这个美女，一定指的是苏莫青青。

三人互相打趣后，沈橙橙又转回了话题道："你到底要说什么？"

夏颜看了眼沈橙橙，又看了看苏莫青青说："这个人吧，跟我们三个都有关系。"

说这话时，夏颜故意拖长了语调。

"我不是很擅长猜谜，你直接告诉我答案吧。"

沈橙橙明显不买她的账，只顾着拆台。

"本想活跃气氛做个铺垫，哪知道你一点都不领情。"夏颜抱怨道。

"哪有，是你废话太多了，我实在没那么多耐心。"沈橙橙回嘴。

"格叽格叽，格叽格叽，格叽，格叽，你们不要急。"说着说着，夏颜还唱了起来。

"哌，不说，我走了啊。"沈橙橙威胁道。

"好、好、好，"夏颜举手投降，她轻叹了一口气说，"乔意可回来了。"

这六个字刚落下，空气瞬间就紧张起来。苏莫青青只顾捏着自己手里的可乐罐子，不知道她是不是因为太紧张，铝制的罐子被捏出了不小的动静；沈橙橙低着头，眼神不知道落在哪里，她的左手一个劲地捏着吸管，几乎要把那根蓝色的吸管给捏破了。

看到这样的两个人，夏颜叹气，虽然，她知道不说为好，但早说早做防备吧。

至少，还能有个提前预警。

过了半晌，沈橙橙突然清了下嗓子，说："回就回了，难道我还要就他回Ａ市鼓鼓掌？"

苏莫青青没说话，只是直勾勾地看着沈橙橙。她的眼睛本来就大，瞪大后更是惊人的大。她眼里写满了关怀，像是想要说点什么，又无从说起。

"你……真的没事？"夏颜问。

"有吧，只是没那么大的事情。毕竟那人走了几年了，还想在我心里掀起什么腥风血雨，你也太高估他在我心里的地位了。"沈橙橙说。

"那倒也是。"夏颜点了点头。

苏莫青青也笑了，她重新系好了鞋带，接着站起身来道："再来一局，这一次我绝对会赢。"

苏莫青青脸上挂着抹不掉的昂扬，苏莫青青向来骄傲。她喜欢同人争，更喜欢赢。即使是小小的娱乐，也不会轻易放弃。

夏颜和沈橙橙深知她的性格，此刻，更是叫苦不迭。两人轮番上阵劝说："苏莫青青，行行好，今天三十五度，我不想成为烤红薯。"

"那你俩猜拳，谁输了谁来。"苏莫青青叉着腰，脸上挂着不满。

两人哀嚎一声，开始猜拳。但谁都知道，夏颜是"拉斯维加斯之子"，幸运的宠儿。在猜拳打牌这种事情上，向来没输过。沈橙橙暗自磨牙，自己真是作了大死，才心血来潮跟这人猜拳。

三局两胜，夏颜赢了个大满贯。沈橙橙几欲吐血，夏颜赶紧递来饮料道："您喝两口饮料压压惊，待会儿好上路。"

沈橙橙重新套好护腕，系好鞋带，拿着球拍上阵。

她看了眼和她同在日光下的苏莫青青，心里暗想："人比人真是要气死人，苏莫青青整个人白得发光，她快要被晒成一只红猴子了。这世界上根本就没有天理可言，实在是太憋屈了。"

"谁发球？"站在拦网对面的苏莫青青喊。

"我没力气，你发，我接！"沈橙橙回应。

"给我好好打，你要是不认真，我们就再比一局！"苏莫青青警告道。

听到这话，沈橙橙恨不得双膝一软，直接跪下去。还没等沈橙橙反应，黄色的小球夹裹着疾风迎面而来。沈橙橙立刻往后滑了几步，手臂和球拍高高举起，用球拍刷过球面，将小球送过了拦网。

拼技术，沈橙橙不一定打得过苏莫青青；但拼小聪明，沈橙橙却是天下第一。

加了上旋的小球难以应付，若是能拿下一分也算庆幸。但沈橙橙的目的只是为了调动苏莫青青的步伐，加速消耗她的体力，要不然苏莫青青再这么精神，她想要努力去应付，只怕也应付不来了。

苏莫青青也许没料到这球如此有威力，她单手持拍想要以正手应战，哪知身位不正，发不出力来。她的球拍脱出，网球高高飞起，径直砸向了一边的钢丝拦网。

球飞去的位置正好站着一个男生，那人戴着帽子，看不清五官，唯一能看清的便是个头很高。即使网球以雷霆之势袭来，那人依旧动也没动，如挺拔的松。

沈橙橙轻启嘴唇，暗自感慨，"这人可真有魄力。"

网球狠狠砸在钢丝网上，接着落到地面。几个弹跳之后，球终于滚到了角落里。

这时，那个男生摘了帽子，喊了一声："沈橙橙！"

听到自己名字的沈橙橙有些意外，她总觉得此人声音熟稔，但怎么都无法在脑子里搜寻出匹配的面容。

那人又说："你过来。"

沈橙橙摸了摸鼻子，往球场边走去。

越往前走，对方的模样便越清晰；对方的模样越清晰，沈橙橙的心跳便越恣意。

"咚咚，咚咚"。

她的心跳化作刚刚弹跳得格外起劲的网球，在胸腔那方小小的一隅之地鲜活激烈地撞击着，若不是她用力地掩着心口，只怕心脏能拼了命给挤出来。

怎么可能，站在场外的，居然是她心中的白月光——林唯一。

大白天看到心中的明月，她是不是快疯了？

她不自觉地后退一步，死死地看住此人，贝齿轻咬嘴唇，右手拿球拍撑在地面上，心里只觉得荒诞至极。

前几日，她还在唉声叹气看不到的人，今天就活生生地站在了她的面前。她能说什么呢，大千世界无奇不有？

见沈橙橙站在那里，夏颜和苏莫青青也觉得奇怪。两人走上前去，和沈橙橙站成一排，目光往前看时，也是倒抽了一口冷气。

"林唯一，活的！"

夏颜赶紧把苏莫青青拉到一边，悄悄指着林唯一，问："那人，是林唯一？"

"是的，高中八班的那个男生，看一眼就知道是他了。"

透着网格，她们都看得不甚清晰。这时，林唯一倒是从不远处推门而出，站到了她们面前，他的面容这才清晰了不少。

林唯一的眼睛是不多见的浅棕色，乍一看过去，很是深情。他剑眉舒展，鼻梁高挺，唇形相当好看；微笑的时候，让人移不开眼睛。

连夏颜这种对人长相要求颇高的人，都觉得林唯一的五官挑不出错。除此外，他的身材也好，打扮得也很养眼。

想到高中每次月考放榜，林唯一真是坐实了他的大名——次次都是年级第一，从未缺席。

"大概是这人名字取得好，所以，无论长相还是学业，都能做到独一无二。"

夏颜想着，林唯一的大名已经被她们瞻仰了三年，大概能让此人注意到的，当属苏莫青青了。

可是林唯一奔赴球场，连正眼都没给苏莫青青一个，就径直站在了沈橙橙面前。

苏莫青青也有些诧异，她平日里对有些事并不关心，但是，因为沈橙橙说得太多，所以，才有点留心了。

连她都要感叹一句，"这人确实模样周正。"看上去不轻浮，相反有种很沉稳很踏实的感觉。

不过两人都疑惑了，为什么沈橙橙喜欢的男生突然从她喋喋不休的念叨里走了出来，还走到了她们面前，这还真让她们不习惯。这种感觉就像你在看电视，看着看着，男神突然从里面走出来，走到了你的面前。

太阳光明晃晃的，晒得沈橙橙几乎看不清眼前人。她眯了眯眼睛，有些不确定地喊了一声："林唯一！"

听到她的叫声，林唯一展颜，心下一松，有些释然。他摘了帽子，伸手扣在了沈橙橙的脑袋上。

沈橙橙被扣了个措不及防，但长长的帽檐挡住了阳光，她终于能好好地打量对方了。

林唯一的目光深沉，看得沈橙橙脸都红了。她的身体不自觉地微微前倾，似乎在确认自己眼前的林唯一是真是假。

就在这个时候，他说了一句让所有人都愣在当场的话："沈橙橙，和我交往吧。"

虽然，四周声音杂乱，有挥击网球的声音，有叫喊声，还有无休无止的蝉鸣。

可这些声音不但没有掩盖掉林唯一不大的声音，反倒成了一种奇异的衬托，显得林唯一的那句话更加突出了。

而沈橙橙下意识地搓了搓自己的两只耳朵，有些不可置信地打量着眼前人。

他的面孔还是那样的俊秀，神情还是如此的温柔，甚至连竖起的头发丝儿都让沈橙橙觉得亲切。虽然，他们从未说过话，即使林唯一就这样站在她的面前，她也觉得相当的亲切。

两人之间从前的万丈距离不在，却让她惊慌失措。她暗自想着，她这种行为叫什么，能不能称为"叶公好龙"？

她看着林唯一，林唯一同样瞧着她。沈橙橙心如擂鼓，慌过一阵后，又忍不住自我嘲解道："你输了什么游戏，所以，要挑一个人当面表白吗？"

林唯一说："没有游戏，是认真的。"

而沈橙橙有个毛病，她从来不相信陌生人突如其来的示好。当然，这是一种没有安全感的表现。不过对于她来说，林唯一就是那个最熟悉的陌生人。

而且这个最熟悉的陌生人突然跑到她面前来要求交往，没有前言没有后语，甚至连该有的铺垫都没有。沈橙橙有理由相信，事物反常即为妖。

天知道她用了多大的努力才拒绝了他非常有诱惑力的邀请。沈橙橙弯起了唇角，咬牙切齿地假装很有礼貌地说："不用了，谢谢。"

天知道那五个字她用了多大的力气，旁边的苏莫青青和夏颜的表情变成震撼，而林唯一只是挑了下眉毛，本来上扬的嘴角也垮了下去。

说完后，沈橙橙转身拿了网球袋，接着以林唯一为中心，绕着他走了一个扇形的距离。

明明该是最欣喜的沈橙橙，此时，却成了最惧怕林唯一的人，连走路都要保持距离。

看到沈橙橙孩子气的动作，林唯一弯起的唇角不堪重负似的垂了下来。

她走得很快，连身后的苏莫青青和夏颜都没能赶上她的步伐。沈橙橙没换衣服，汗湿的运动衣贴在脊背上，被风一吹，竟然还有些冷。她忍不住抖了一下。

她穿过马路，径直走向对面的街道。那里的人熙熙攘攘，走在其中，让她觉得格外的安心。

只是直到现在，她还是止不住的心跳。

但是，这样的心跳，到底有多少是惊悚，多少是惊喜？她现在分辨不出来。

沈橙橙自认不是优秀的人，连夏颜都说，"乔意可会跟你在一起，真是你的祖坟冒青烟了。"她只能"呵呵"称是，并不在这方面多做辩驳。

夏颜是乔意可的表姐，两人的亲戚身份一直处于保密状态，除了沈橙橙外，没人知道。夏颜远远没有乔意可那么高调，她性格还好，但莫名就是不太招人喜欢。沈橙橙一直想不通为什么。

后来，交往得久了，沈橙橙才知道，因为，夏颜的家境太好，太拉仇恨了。

当她在为自己买到限量球鞋沾沾自喜的时候，夏颜早早便背上了名牌书包。有好事者偷偷八卦："假的吧，某宝上一个三百多。"

沈橙橙很清楚不是，夏颜为了买那个书包，周末特地飞了一趟澳门，因为，国内还未上柜。

当班里的女生在为了一件名牌物品炫耀时，夏颜的名牌已经穿齐了一身，并且不会显露名牌的logo。只有等人问到她衣服的价格时，她才会笑得像蒙娜丽莎一样对别人说："也还好，一套也就万把块吧。"

虽然，沈橙橙早就知道自己进了一所贵族学校，但年少的她哪里知道这个世界居然险恶到这种地步。从那之后，她再也不敢随便跟夏颜疯闹了，生怕自己一不小心划到了她的衣服，那时，就只能自刎谢罪了。

有这样的表姐，身为表弟的乔意可自然不遑多让。乔意可简直就像是这个贵族学校里不可多得的王者，他高傲的头颅从不为别人低下。甚至连下课穿过走廊时，都有人会闪到一旁为他让路。现在，沈橙橙想起来，都会觉得有些不可思议。

从那个时候开始，沈橙橙便知道了这个世界的残酷。谁说学生是平等的。在这所学校里，等级制度是从一进校时就划分开来的。

　　而当初她考进这所学校时，完完全全是走了狗屎运，分数线刚刚够上了这所名校的脚后跟。

　　分班时，沈橙橙的名字被老师大手一划，便顺利成章地被划拉到二世祖们充当门面的班级里面去了。

　　当时的沈橙橙根本不清楚这件事情，但是，待得越久，事情便越发变得明白起来。

　　哪个班的学生成绩好，哪个班的学生成绩差，哪个班的学生是交了建设费进校的……在同学之间，这已经变成了不是秘密的秘密。再加上互通有无，更是知道谁家是干什么的。

　　那时候，沈橙橙年纪小，只知道好好学习，天天向上，端正得不得了。大概是因为她长得乖的原因，老师觉得她安分不闹心，便把她安排到和乔意可同桌。

　　起初两个人不熟，只是互相点头微笑。当然，那时候全班都不太熟，大家都还维持着表面的客气。

　　但是，时间长了，祸水开始初露端倪。从那时起，沈橙橙除了名字之外，还多了一个身份，那个便是"乔意可专用"。

　　乔意可每次打完球回来，桌子上必然会有一瓶矿泉水和一瓶运动饮料；他放学之后，沈橙橙还要多用十分钟为他整理桌面；上学的时候，她会买好早餐放在乔意可的桌上，并把时间掐得很准，不会让早餐冷掉……

　　沈橙橙虽然不想做这些事情，但是，乔意可脾气大，在学校里更是一呼百应，再加上他本来就不是什么慈眉善目的主儿。他一个眼神横过去，沈橙橙就厌了。

　　诸如此类的事情做多了，沈橙橙的名字也随之传了出去。有时，传到了那些暗恋乔意可的人的耳朵里，她们会在下课的时候大摇大摆地走到教室门口大叫："沈橙橙，你给我出来！"

有时候，沈橙橙也觉得奇了怪了，自己明明是个很的屃人，为什么遇到这种事情，她倒是不会发怵呢？她站出去之后，依旧是平常的神情，连干吗也不问，就那么站着。

别人看她那副问心无愧的神情，突然也失去了兴趣。

那样一张视死如归的脸，欺负起来，肯定会吃亏。最后带头的人大手一挥："算了，我这次就放过你。"

沈橙橙事后发笑，到底是谁放过谁？她也懒得和这种人计较。

次数多了，这种事情也会传到乔意可的耳朵里。他气冲冲地点着沈橙橙的额头问："你是不是有点傻啊，别人叫你出去你就出去啊？"

他那张俊俏的面孔上盛满了怒意，说话的口吻带着不自觉的关心，听到这话的时候，沈橙橙有些恍惚，恍惚她和乔意可的关系其实是平等的。

他们第一次凑得那么近，近的甚至可以看到乔意可脸上细细的毛孔。他身上有一股好闻的香味，不知道是衣服上洗衣液的味道，还是香水的味道。

只是，自那次之后，便再也没有人敢当面挑衅沈橙橙了。当然，背后的小举动也所剩无几。

人人都以为乔意可是喜欢沈橙橙的。可沈橙橙心里清楚，喜欢不是这样的。而且那个"乔意可专用"后面省略了几个字。"乔意可专用"全称应该是："乔意可专用的奴隶"。

乔意可喜欢谁，只有沈橙橙知道。

有一次，乔意可的手机没电了，借沈橙橙的手机发短信。因为，不熟悉手机的操作软件，便没有成功删除那条短信。

沈橙橙对天发誓，她真不是有意去看那条短信内容的。可是那条短信的收件人上写了四个大字。

那个四字的名字她太眼熟了，但平日里她从来没有从乔意可的嘴里听到那个四字的姓名。而且即便有人提到，乔意可也是一脸不屑，好像对那个人没有半分在意，仅仅把她当作一个毫无关联的路人甲而已。

可这条短信，却暴露了太多的内容。

从那条充满婉转语气的短信背后，沈橙橙看清了乔意可的心意。曾几何时，他如此放下身段去问一些无足轻重的问题。

那些问题后面分明掩饰着一颗另有企图的心。

收件人是：苏莫青青。

而乔意可暗藏在这条短信背后的心意，是喜欢。

而苏莫青青，是她从初中以来的好朋友。

自那日见过林唯一后，已经过了好几周。除了苏莫青青和夏颜经常旁敲侧击地打听着关于林唯一的事情外，那天的经历和对话好像是一场幻梦。沈橙橙总觉得可能是那天暑气太胜，她被晒晕了头。

但夏颜和苏莫青青却清清楚楚地提醒她："林唯一是确实存在的，而且他还向你求交往。"

听到这话，沈橙橙差点脚下打滑，摔了个趔趄。

不过，好在学校课业并不轻松，沈橙橙可以暂时用写作业来冲淡自己的胡思乱想。虽然，快到大四了，她却越来越忙。因为，她所在的平面设计系课程安排有问题，所以，所有的重要课程全部排到了下学期。这些大课作业多到烦不胜烦，有时，她即使没课，也会到专业教室里赶作业。

这天，她正坐在自己的教室里画画，桌子上铺满了材料，东一个西一个。她就喜欢这样零散的感觉，反正自己扔得东西自己知道。她随手一抓，就可以找到自己想要的。

"沈橙橙，有人找。"坐在门口的男生喊了她一声，如果仔细听，会发现那个男生的语气中颇有不耐。他喊了一声沈橙橙之后，发现她根本没有听到，也就懒得再喊。

男生敷衍地跟来人说了一句："你自己进去找吧，我要画画。"

说话间，还带着几分赌气的味道。

而沈橙橙哪管别人怎么样，她自顾自地塞着耳机，拿着小圭笔一下一下地填着色，注意力完全集中在画上，表情认真，有些自得其乐的意味。

林唯一径直走了进来。专业教室里人不算少，大家都在各做各的，但是，突然有人来访，不少人还是将注意力转移到了他身上。大多数男生的目光里，带着些许评判的意味，而女生则不然，眼里是十成十的欣赏。

林唯一早就在远处看到了沈橙橙坐在这里，进来的时候更是直指目标。他也不管这是别人的学校，别人的教室，神态自如，落落大方，像是在自家后院行走。

他走到沈橙橙旁边，拖了张凳子坐下。旁边的人拍了拍沈橙橙的胳膊，指了指林唯一的方向。她这才放下笔，摘下耳机，转头一看，林唯一就坐在她的身边。

沈橙橙看了过去，两人对视。沈橙橙"啊"的一声，整个人站了起来。她起身太急，带倒了椅子，在还算空旷的教室里发出了巨大的声响。

现在好了，大家都把目光集中在他们身上。

沈橙橙羞愧掩面，忽而又抬头，狠狠瞪了罪魁祸首一眼。对方毫不介意，依旧笑眯眯，眼睛里却盛满了宠溺。

不知是不是错觉，沈橙橙发觉，对面的人眼里只有她。这个想法实在是有些羞耻，可她的感觉一向很准。

他穿着一件深蓝色的星星衬衣，外面一件高级灰的开衫；下面一条深色牛仔裤和一双黑色的板鞋。

尤其，令人在意的是林唯一左腕上的手表。RADO 的陶瓷表，黑色的表盘黑色的表带，方方正正的。

见她的目光流连在自己的手腕上，林唯一也看向了她的左腕。不看不知道，他的眼神刚扫过去，沈橙橙便捂住了自己的手腕，忙不迭地背过身去。

林唯一暗自笑了一声，沈橙橙羞得满脸通红。她辩解了一句："这块表是我十八岁的时候，爸爸送给我的生日礼物。不……不是你想的那样！"

"我，我想的是什么样啊？"林唯一一手撑在桌上支着自己的下巴，调侃着问了一句。

话音落下，只见沈橙橙的脸更红了。她没有接话，只是一心想要岔开话题："你来干嘛？"

林唯一一脸理所当然："找我女朋友啊。"

坐得跟沈橙橙很近的同学不自觉地"哦"了好大一声，她连连摆手道:"不是,不是,我不是他女朋友。"

林唯一努了下嘴:"看吧,我的女朋友生气了,她甚至都不愿意承认自己的身份了。"

旁边的人开始起哄,又"哦"了起来。**沈橙橙越解释越解释不清**,最后,干脆绕到了林唯一身边,拉着他的胳膊把他带出了座位:"林唯一,我们出去说。"

"还出去哟,橙橙,什么话不能在这里说啊?"旁边要好的室友开始起哄,一副八卦的嘴脸。

沈橙橙也是无可奈何,一副告饶的表情。那模样实在可怜,她的小眼神瞅得人心都要碎了,大家这才止住调侃她的话头。

林唯一自然更是不忍心为难她,他点了头,两人便一前一后地出去了。

"林唯一,你要干嘛?"他们走到了教学楼下,沈橙橙转身看着他问。两人身高有偏差,沈橙橙虽然不矮,但是,站在林唯一身边的时候,还是需要抬头。

那样的高,像树一样的笔挺,一瞬间便遮住了沈橙橙看向其他人的视线。想到这里,沈橙橙觉得有点怀念。

是的,就是这样的身影,遮住了她看向其他人的视线。

"你认得我。"林唯一很肯定地问她。

听了他的话,沈橙橙突然抬头,瞪大了眼睛望着林唯一。林唯一嘴边有笑,而且是一副奸计得逞的神情。

此刻的她像个被拆穿了身份的间谍,正面对着敌人严酷的审讯。而她向来都不是个坚贞不屈的人。

被林唯一那双深情又漂亮的眼睛扫过后，她只能双手高举，缴械投降。

她点了点头，林唯一却笑了出来。

"我和你一直都是同学。小学，初中，高中，大学不是。你是从什么时候认得我的？"他的目光锐利，似乎在警告沈橙橙，不要说谎。

沈橙橙的心弦被他的目光击中。

原来，不只是自己注意到了他，而他，也看到了自己的存在。想到这里，沈橙橙便暗自开心起来。

"……小学。"她声音小小的，有如蚊吟，两个字含在唇边搅合成一团，不甚清晰。但林唯一却听清楚了，他不由嘴角上翘，弯成了一个好看的弧度。

以前隔得远了，沈橙橙看到林唯一的笑容还没那么晕。现在隔得近了，他一笑，沈橙橙就觉得鼻子有点痒。

"长得好看就算了，笑得还这么好看，真是要了命了。"沈橙橙暗自腹诽。

"你在一班，我在四班。是吧？"林唯一问了一句，沈橙橙便开始拼命点头。点完之后又觉得自己实在不矜持，便收住了势头。假装自己毫不在意，并垂下了眉眼。

前几天，她还信誓旦旦地对苏莫青青和夏颜说："我最讨厌的人就是林唯一了。"

那个时候，她的脸都气红了，眼眶里的泪水不断打转，谁都以为下一秒眼泪肯定会流出来，而她偏偏忍住了。

但是，当林唯一带着微笑，走进她的视线时，沈橙橙就知道自己所有的誓言都将作废。再坚固的巴别塔都能瞬间倾塌。

因为，他是林唯一，是沈橙橙心目中无与伦比的存在。她对他的感觉，不是简简单单一两个词就能形容出来的。

不是喜欢，胜似喜欢。

那种混杂着青柠的香气，闻起来酸酸的味道，真正品尝时，却是甜的。就像一颗独一无二的糖，她小心翼翼地捧在怀里不让任何人察觉。

这是她的，只是她的。

藏在最珍贵的记忆之匣，小心收纳，却无处安放。即使被人传唱，也只是低声浅吟，只愿你我安好。

而那个被沈橙橙的回忆美化了又美化的人，突然不甘寂寞地跳了出来，害得她无处躲藏，只想抱头鼠窜。

而林唯一却像是知道了她的所有心事，他堵在了沈橙橙的面前，又一次，很清晰地对她说："沈橙橙，我们交往吧。"

"哗啦"一下，时光的幕布再次被掀开，沉重的时钟"铛，铛，铛"敲响。彼得兔抓着白手套说快点快点，就等着爱丽丝的到来。

谁都以为过去的已经过去，未来的还没到来。在等待的时候，我们总在徘徊。

林唯一看着她道："我是认真的，并没有开玩笑。"

沈橙橙顿了好久，再次抬头的时候，她说："林唯一，我拒绝。"

其实，她对林唯一有种难以言喻的感情。他是神坛上的那个人，是她憧憬的人，但唯独和"喜欢"二字，隔了很远。

而且明明什么都不了解，他怎么可以这么轻易地说出"交往"二字，这样难道不会显得很轻浮吗？

只是，沈橙橙不知道，其实，她的烦恼，他也是有的。

林唯一深深叹气，双手不自觉地在口袋里紧握成拳。其实，他很想反问一句为什么，但他没有勇气问出口。

从小学到初中再到高中，他总能看到这个女孩。

个子高高瘦瘦的，笑起来的时候眼睛能弯成新月，嘴边的酒窝仿佛能渗出蜜来。每次，她笑得时候，林唯一都会愣住。就像仙女的魔法，让他在那一刻定格了。

林唯一总会留意她，不管是故意的，还是不经意的。也许就在这漫漫岁月里，他早就把沈橙橙的一点一滴，留在了心里。

她看起来非常的柔弱，却比谁都坚强。她每次隐忍不哭的样子特别诱人，林唯一想要走近，却又怕唐突了她。

那个时候，他才知道，自己的胆子有多么小。

她不是特别漂亮，成绩也不是很好。在放榜的时候，他总是下意识地先去寻找她的名字，然后，惯性抬头，寻找自己的名字。

那样的距离，让他恨不得下一次故意考砸，好让自己的名字能排在她的旁边。

上了高中之后，他感觉自己很幸运，又能同她在一个学校。但同时让他觉得有些惴惴不安的是，乔意可居然和她是同班同学。

他暗自安慰自己，明天开始就要主动和她打招呼。一个明天又一个明天，他永远鼓不起勇气。

直到从自己的好友乔意可嘴里开始听到了这个熟悉的名字时，林唯一才开始慌乱起来。

最难过的时候，莫过于在学校打篮球。乔意可喜欢喝能量饮料配矿泉水。她总是会帮他买来，并亲自递到他的手上。

这个身在福中不知福的人还在抱怨："下次，快点好不好。"

又或者，乔意可会一脸自豪地问："你看到我刚才的那个投球没有，是不是很不错？"

每当这个时候，他就会下意识地走开。他不想听到她的回答，也不想看到她和乔意可这样亲密的样子。

而这一次，乔意可突然归来，事先一点预兆都没有，只是在临回国之前给他打了个电话说："林唯一，我和你的约定，你别忘了。"

这个时候，他才决定先下手为强。

而她，却再一次果断地拒绝了他。

林唯一沉默良久，脸上的失落毫不掩饰。沈橙橙的心忐忑着，她有些后悔自己刚才的行为，但又觉得自己没错。

可是她不想看到林唯一不开心的样子。

这样的矛盾心理，让她纠结再三，刚想解释自己的想法，反倒是林唯一先出声。

林唯一看着她，眼神有些不确定。这样的表情让沈橙橙感到诧异。

这可是林唯一啊，他有什么好犹疑的？

林唯一似乎很艰难地问："你……还喜欢乔意可？"

他的话让沈橙橙一愣，熟悉又陌生的名字被再次提了起来。她忍不住把手探向胸口。

心跳平缓，眼眶干爽，甚至连脑子里都没有出现什么波澜。沈橙橙暗想，可能"乔意可"和"喜欢"，这两个词再也联系不到一起了吧。

但如果林唯一要这么想的话，她也懒得解释那么多了。如果能拿那个名字当借口的话，又何尝不可呢？

她不置可否地没有点头也没有摇头。

而林唯一笑了笑，在心里默认了自己的猜测。"算了，也不急一时，反正已经迈出了巨大的一步。"

他褪下了滞涩的神情，重新换上了笑容，对沈橙橙说："做不成男女朋友，那就做普通朋友吧。至少，我们有关系。"

话里的委曲求全，沈橙橙听得出来，她一阵心酸，抿了抿嘴唇，十分想说："你可是林唯一啊！"

林唯一是什么，是骄傲、是宿命、是憧憬，也是盼望。

虽然，月亮人人可见可知，但想亲自踏上月球，却不是什么容易的事情。

林唯一现在站在这里，沈橙橙就有种登月的感觉。这样的人说出如此委屈的话，她一点也不开心。

这时，林唯一伸出手来，她亦伸出手去，和林唯一的手紧紧相握。他的手心温暖，熨得沈橙橙有些心跳加快。

林唯一的握手礼，克制且短暂。她还未回过神来，只觉得手心一空，有风钻入，连身体的温度都凉了下来。

她还来不及失落，林唯一又投下一记炸弹。他说："沈橙橙，你知道么，乔意可要回来了。"

说完后，林唯一的双眼紧紧地盯住她。

只是，这件事情已经被夏颜预先告知，所以，沈橙橙只是"哦"了一声："那就回来啊。"

丝毫不介意的口气，让林唯一愣了一下。他又说："他有新女友了。"

"嗯，那就有吧。"沈橙橙露出了一副不太高兴的神情。人人都要试探乔意可在她心中是否还有位置，实在是有些过了。虽然，大家都是打着"关爱"的旗号，但这样的举动多了就实在太过讨厌，甚至，让她平添了不少反感。

林唯一自然不知沈橙橙的烦恼，他的心里隐隐有些难过。

学校广播开始播放音乐了，黄昏已至，下课后的学生倾巢而出，该回寝室的回寝室，该去食堂的去食堂。

沈橙橙中午忙着画作业，没吃饭，此时此刻也有些饿了。

"新朋友，我请你吃饭好吗？"她重新扬起笑容，却突然发现，自己的手上还捏着那只填色的圭笔。可能是今天乍一见到林唯一有些紧张，连带把它也给带了出来。

林唯一顺着她的目光看了过去，不禁哈哈笑了起来。他笑了半晌，忍不住说："沈橙橙，你一直都是这么的迷糊？"

听了他的话，她不好意思地搔了搔脑袋，把笔放在了外套的口袋里。上面的颜料使得笔头变硬，不担心会把衣服染上颜料了。

林唯一笑着，觉得女生迷糊起来的时候也可爱得紧。出于好奇，他伸手触了触那只笔，沈橙橙看着他，说："没想到你也有这么幼稚的一面啊。"

"幼稚？"听到这个评价，林唯一觉得新鲜至极。

"连只笔都玩得那么起劲。"沈橙橙忍俊不禁。

林唯一摸了摸自己的后脑勺，扬唇一笑："话说，你是艺术专业，平时画素描什么的吗？"

"画啊，不过那是大一时候的课业，现在已经过了。我们现在主要是设计方面。"沈橙橙回答。

"我还在想，你们要是什么时候缺个模特，我可以自告奋勇一下。"林唯一说。

"那应该能算屈尊降贵吧？"沈橙橙调皮地眨了下眼。

两人边走边聊，气氛不再似之前尴尬，好像是那只圭笔打破了两人的隔阂。他们并肩走着，林唯一突然发问："听说当时乔叔叔愿意给你调剂上一本，你为什么不答应？"

沈橙橙愣了一下，没想到林唯一连这件事情都知道。她的表情错愕，连步伐也不自觉地慢了下来。

林唯一察觉到了她的异样，干脆停下脚步，等她的答案。

第二章

光阴越过
时间的海

"没考好是我的事，我想要的东西会自己得到，跟乔意可还有乔叔叔没有关系。"沈橙橙说。

这是标准答案，但凡有人问到这个问题，沈橙橙都会这么回答。她怎么可能对林唯一说："因为，我不会原谅乔意可，要是接受了他们的好意，不就等于是让他赎了罪？"

她不会让乔意可有任何赎罪的机会，特别是这个罪过还是借由别人之手替他还上一部分。

这样邪恶的答案，沈橙橙是不会轻易说出口的。

林唯一轻叹道："难道不是因为想要乔意可记住自己做过什么吗？要是他如此轻易地以等价交换的方式补偿了你，他便不会记得这件事。只有欠债，才会让他牢牢记得，他做过了什么。"

听到这话，沈橙橙突然抬头，她眯起眼睛，心里满满的都是不可思议。

与此同时，沈橙橙隐隐觉得脊背一凉，有种后怕感。因为，除他之外，没人敢说出这番实话了。

林唯一认真地审视着沈橙橙，"在我面前，你不需要说谎。沈橙橙，我比你想象的，更了解你。"

听了他的话，沈橙橙不自觉地后退一步，林唯一却直接抓住了她的手臂，像是生怕她逃走似的说："沈橙橙，你不要逃，我没有恶意。"

沈橙橙稳住心神，嗓音颤抖着反问了一句："你怎么什么都知道？"

"是，我什么都知道。"林唯一自嘲地说："但是，我唯一不知道的，就是你为什么拒绝我。"

这时，沈橙橙的手机响了，电话里的声音有些嘈杂，好像在马路上。

那边的夏颜冲着沈橙橙嚷道："橙橙，你在学校吗，有没有空？"

"有空，怎么了？"

"等下我来接你。"说完之后，夏颜利落地挂断电话，连拒绝和疑问的时间都不肯留给她。

她拿着电话愣了半天，不知道该做如何表情。林唯一问她："谁打来的电话？"

"夏颜。"

"那个跟你关系很好的女生？乔意可的表姐？"林唯一又问，似乎是想要得到她的认可。

她点了点头，皱了下眉头："可能咱们只能随便吃点什么了。"

林唯一不由分说拖住她的胳膊往校园外走去，他向来强势，这时候也弱不下半分。他说："先陪我吃完这顿饭之后，我陪你过去。"

沈橙橙想要甩开他的手，但林唯一抓得很紧。

"林唯一，很疼。"沈橙橙小声告饶。

"哦，对不起，不好意思！"林唯一赶紧松开。

沈橙橙快走几步，和林唯一并肩而行。她侧过脸，对他说："前面有个小餐厅，食物还不错，但是，环境不怎么样，你能接受吗？"

林唯一很肯定地点了点头。

两人走到店门口，刚刚准备进去，夏颜的电话又来了。

"橙橙我到了，你人在哪儿？"

夏颜话还没说完，林唯一直接挂断电话，放入了自己的口袋里。沈橙橙错愕地看着他，他倒是一副理所当然的神情，说："先吃饭，再赶过去。"

林唯一吃饭不矫情，但沈橙橙怕他不习惯，上桌之前拿了纸巾擦了桌子又擦了椅子，这才让他坐了。林唯一冲她说："沈橙橙，真不用。"

"别了，上次跟我说真不用的人半夜吐在地上，我得给她拖地。那个人叫苏莫青青。是因为她说她可以吃烧烤。"沈橙橙撇了他一眼，"还是我来吧，我不想再做多余的事情。"

这会儿，林唯一只能站在旁边，等她忙完了之后才落座。等着服务员放上了菜单之后，她问了林唯一："你有什么不吃的吗？一定要说实话。"

林唯一想了想："没什么。"

沈橙橙暗自揣摩了半天这三个字的真假，想了一阵，还是点了三个比较安全的菜。

等待上菜时，沈橙橙的手机在林唯一的口袋里又响了起来，震动声让人感觉头皮发麻。林唯一将电话递给沈橙橙："你跟夏颜说说吧。"

沈橙橙如获大赦，赶紧接过电话对夏颜解释说："大约还有半个小时就来"。

夏颜在电话那边"吼"了起来："什么？你这是被人绑架了吗？"

沈橙橙含泪点头，话到嘴边还是改了口："没有，林唯一来找我，我等会儿就来。"

听到这个名字，夏颜这才放她一马，说："说好了半个小时啊，我从挂掉电话那个时候就开始掐表。"

沈橙橙挂了电话后暗想，"其实，林唯一也有少爷脾气。大约当年是隔得远了，才觉得男神是完人。"

菜上齐了，最后一道是铁板鲫鱼。沈橙橙爱吃鱼，刺多一点的鲫鱼她也吃得了。她慢斯条理地理着鱼刺，目光不由自主地看向了对面的林唯一。他吃着另外两道菜，筷子连碰都没有碰一下那份鱼。

"不是说什么都吃得吗？"沈橙橙反问。

林唯一有些尴尬地笑了笑，说："不太会吃鱼，特别是刺很多的。"

听完这话，沈橙橙举手叫服务员又拿了一副新碗筷。她将鱼腹上的肉全部夹到干净碗里，接着又小心翼翼地将鱼刺剔除。她没顾上吃饭，就记得给他理鱼刺了。

小店里热热闹闹，冷气开得十足，但林唯一的脸却忍不住红了。

先是耳根，接着蔓延到全脸。他忍不住挡着脸，生怕被沈橙橙看到他的窘迫。

沈橙橙给他处理了小半碗的鱼肉，这才满意地端到他面前："虽然，我刚刚处理过一次，但你吃的时候还是要小心一点。"

林唯一愣了好久，这才记起来自己应该道谢。

他夹了一块鱼肉放到嘴里，鲜嫩清甜。

这大概是他这辈子吃过最好吃的鱼了吧，无关乎品种、无关乎制作方法。念予毕生流离红尘，其实，只想要一个似粥温柔的人。

林唯一心想，他找到了这样的人。

两人吃完饭，走回学校。隔了老远，沈橙橙就看到了夏颜的车。她也没管林唯一，快步往前跑去。

跑到车前，沈橙橙有些气喘，她扶着降下的车窗，气息不稳道："我……我来了。"

夏颜摘下那副挡了大半张脸的墨镜，四下探看，遍寻不见后，有些好奇地问："林唯一呢？"

"你在找我？"

被叫到名字的林唯一突然出现在夏颜面前。

夏颜被他的突如其来吓了一跳，她惊叫一声，说："你从哪里出来的？"

"副驾驶那边绕过来的，你没留意罢了。"林唯一耸了耸肩。

两人相看一阵，林唯一对夏颜说："我以为你不认得我。"

"我怎么会不认得你，沈……"说到一半，夏颜突然意识到这是秘密，她赶紧闭嘴。

听到这里，林唯一脸上的笑意更深了，他看着站在一边的沈橙橙，只见她神情窘迫，恨不得钻到车下，更是无言地印证了夏颜未说完的半句话。

"夏颜，你今天是叫沈橙橙去喜来登？"林唯一问。

"你怎么知道？"夏颜很是吃惊，一双大眼瞪得很圆。

"要不然还能有什么事值得你这么着急？"林唯一反问。

夏颜不接话，想了一会儿，又问："你是他的好朋友，他没邀请你？"

"这个问题难道不应该问他更合适吗？"林唯一回答。

站在一边的沈橙橙有点不明所以，因为，两个人仿佛打哑谜一般的来去应答，说得都是她听不懂的话。她想要问，但又不知道该如何开口。

这时，夏颜下车，问林唯一："会开车吗？"

"技术不错。"林唯一说。

"那我们一起去。"夏颜擅自做了决定，并将沈橙橙塞到副驾驶后，又挪了椅子上了后座。

直到林唯一把车开出学校，沈橙橙才想起什么似的问："我们到底是要去哪儿，去见谁？"

"乔意可回来了。"夏颜顿了一下，又说："走的时候悄无声息，回来时大张旗鼓。说是连着高中同学聚会一起办了，我听了就觉得好笑。高中同学聚会，你不是他高中同学啊，为什么请了那么多人，偏偏没请你？"

听了夏颜的话，沈橙橙自嘲地笑了笑："人家请的是同学，我算……奴隶？"

夏颜伸手，狠狠捶了一下她的肩膀："呸，你要是奴隶，我就是奴隶主，乔意可算个屁！"

"痛、痛、痛！"沈橙橙惊呼。

"知道错了没！"

"知道了，知道了。"

……

林唯一停好车，三人从地下停车场直接去了宴会厅。夏颜熟门熟路，沈橙橙在一边有些担忧地问：“夏颜，你摸得这么清楚，是早就预备好要砸场子了？”

听到这话，夏颜有些气急，反问道：“我是那样的人吗？”

沈橙橙点头，站在一旁的林唯一也点了点头。

夏颜垂下肩膀，一边推开大门一边回头对他们说：“感情我在你们心里就是这副德行。”

宴会门被夏颜推开，里面的热闹突然凝滞下来，像是有人把正在播放的电影按下了暂停键，画面定格在一瞬间。

沈橙橙在偌大的空间里一眼就看到了乔意可，三年不见，他依旧眉目如画。他比以前长得更好看了，原来是嚣张，现在却变得沉稳。乖戾的表情变得成熟，剑眉朗目，鼻子高高挺挺，一张薄唇红润，一笑能让多少人为之倾倒。

不过那又如何，依旧比不过林唯一。

空气里出现滞涩的气息，乔意可恍若无觉，他举起杯子问：“都怎么了，不过是老同学不请自来罢了。”

听到这话，沈橙橙本来垂下的眉眼又抬了起来。她看着不远处的乔意可，忍不住冷笑起来。

乔意可往这边走来，经过夏颜时，声音刻意放缓了：“怎么了？姐姐，你今天怎么有空来同学聚会，不是向来都不爱来这种地方的吗？”

很尖锐的提问，沈橙橙的左手紧紧拧成了拳头，如果，不是理智尚在，她真的恨不得一拳挥到乔意可的脸上。

夏颜为什么不喜欢参加同学聚会，他难道不知道原因？现在，当众用如此讽刺的口吻提出来，难道就是为了让夏颜下不了台面？

想到这里，沈橙橙走了出去。她挡在夏颜面前，微微仰着脑袋，对乔意可说："是我要她带我来的，我就是想看看，你现在成什么样了，还记不记得我这个人。"

沈橙橙性格一向温和，从来不会跟人发生正面冲突。即使是有，也会恰当化解。很多人都知道她不喜欢争吵。

但很多人也知道，沈橙橙、夏颜、苏莫青青三人，即便再不爱和人吵架，但一旦涉及彼此之间的事，丢了颜面也要为对方讨回一个公道。

这三人的友谊很奇怪，即便自己可以吵得无理取闹，可一旦有外人说她们一丁点不好，三人便会一致对外，并忘却了之前的矛盾。

现在，不外如是。

三年未见，乔意可看到沈橙橙也是一愣。

他在心里一遍又一遍地重温过她的脸，午夜梦回，醒来时总会念叨着她的名字。如今一见，他觉得沈橙橙有些不同了。

模样上还是乖巧可人，睫毛纤长，眼神清澈，五官秀丽。但曾经的惴惴不安消失不见了，现在的她仿若清泉。看得到底，却难以触碰。

乔意可忍不住露出微笑，他半敛着眼皮，小声说："我……自然不会忘了你。"

"那真是多谢了。"沈橙橙露出公式化的微笑。

她今天穿的是连衣裙，裙摆过了膝盖，遮到了小腿肚。这时，她拉起裙摆，她的右脚上有一道蜿蜒的疤痕，从小腿一直蔓延到裙摆深处，粉色的疤痕很长，让人胆战心惊。

乔意可忍不住退了一步，眼神有些颤动。

"没忘，就好。"

看到他似有触动的神情，沈橙橙笑了，松开了抓住裙摆的手。长裙洒下，重新掩饰住了那道长疤的存在。

夏颜看到了沈橙橙的小动作，她心里一惊，看向沈橙橙的时候有些无奈。

这时，不远处有人走来，夏颜眯了眯眼睛，看清了来人。

"夏颜、沈橙橙，好久不见！"冯安妮迎了上来，状似亲热地挽住了两人的手，把她们往别处带："之前我就要乔意可叫你们来，他非说联系不上，你看，这还不是来了吗？"

沈橙橙皱眉，并不留痕迹地挣脱了冯安妮的手，说："不来也好，节约了两个人的饭钱。"

冯安妮不甚在意，说："意可还差这点儿？"

"又不是他赚的，花得还不是他爸妈的。"夏颜补充。

冯安妮不说话了，眼睛一斜，本想翻个白眼，最后，又硬生生忍住了。

其实，在林唯一说乔意可有女朋友的时候，沈橙橙便做好了心理准备。但是，她的准备终究不是万全之策。谁能想到，乔意可的女朋友会是冯安妮呢。

冯安妮从很久前便和夏颜不对盘，从上学到现在，她费尽心思和夏颜作对。那时候手段不断，除了撕夏颜的作业，偷藏她的书包，告诉老师夏颜包里带了小说。

这还算小事，后来冯安妮还鼓动全班不交语文作业，因为，夏颜是语文课代表。接着，公然在语文课上向老师提出申请，要求更换课代表，并且强烈要求全班投票。

夏颜在冯安妮的干涉下，辞去了课代表的职务，但冯安妮依旧不放过夏颜。明里暗里的为难和说坏话皆是常态，甚至，有时将垃圾桶里的垃圾全部倾撒在夏颜的座位上。

因为，旁人害怕自己受到波及，都没有人敢和夏颜多说一句话。

那段时间，夏颜孤独至极。但她的骄傲不允许她低头，便一直忍到了最后。

沈橙橙和苏莫青青一直不理解冯安妮的做法，最后，夏颜回想了很久，对她们说："好像是有一次，她和我撞衫了。我无意间说这件衣服是限量款，国内没有卖的。有人问我怎么辨别假货，我就说了。那些人拿我的衣服和冯安妮的衣服做了比较，发现她那件是假的。"

只是一件衣服的真假，但她们像是结下了血海深仇。就算过了这么多年，冯安妮依旧如幽灵一般，死死萦绕在夏颜的左右，不让她好过，也不让她安生。

见冯安妮还想说点什么，沈橙橙立刻拉过了夏颜。她对冯安妮说："我来了，也看了，看你们二位过得挺好，就不多打扰了。"

不知怎么地，大概是沈橙橙说得太顺，她居然还冒出了一句："祝你们百年好合，我们就先走了。"

不知怎么地，这话被乔意可听到了。本来只是一句毫无意义的嘱咐，乔意可却像是被踩了尾巴的猫，他气冲冲地走过来，一把拧住沈橙橙的胳膊问道："你说什么？"

大概是乔意可眼里的光太摄人，沈橙橙忍不住避缩了一下。而乔意可低下头，死死盯住她道："我欠你的还没还呢，你就想走了？"

"我……"沈橙橙不知道该如何回答，但她下意识想要避开乔意可，却怎么都脱不开他的手。

见状，林唯一走上前来，他轻搭在乔意可的手上，接着猛地一握道："约定我完成了，现在你也别强人所难，没看到橙橙想走吗？"

"橙橙？"乔意可的声音变得有些古怪，突然之间尖锐起来："你跟她认识了很久吗，你凭什么叫她橙橙？"

林唯一掰开他的手，将沈橙橙解放出来。沈橙橙松了口气，连忙藏到林唯一的身后。

这个无意识的动作，却昭示了沈橙橙对林唯一的依赖。就是这样的小细节，彻底激怒了乔意可。

他怒极反笑道："你们都给我滚！"

三人依言滚了。走到停车场时，夏颜突然摸着自己的胃部说："我还没吃饭呢！"

沈橙橙瞪她："你到底带我们来这里是干吗的啊！"

夏颜眨了眨眼，说："吃饭啊，结果本末倒置了。本想着先吃饭后示威，哪知你一上场就把金主给激怒了，饭也不给我们吃，直接让我们滚了。"

"这是我的错吗？"沈橙橙反问。

"不管啦，不管啦，我们先去找点吃的，别分什么对错了！"说完后，夏颜伸手推着沈橙橙往车的方向走，跟在两人身后的林唯一觉得好笑。他"咦"了一声，接着一手一个，将两人掉了个头。

夏颜不满道："你干嘛呢？"

"走反了，你的车在那边。"林唯一松开手，指了指不远处的车。

夏颜讪讪地"哦"了一声，跟着林唯一往停车的方向走去。

林唯一松开了夏颜的手，但却趁此机会抓住了沈橙橙的手。沈橙橙一瞬间有些慌乱，这样的牵手和握手不同，因为，林唯一的手掌和她的手完全契合起来，像是没有一丝空隙。

她本想挣脱，却意外感受到了林唯一的颤抖。他的手心微微出汗，像是很紧张。

那一瞬间，沈橙橙的心跳起了微妙的变化，有几个节奏忽而凌乱起来，完全自成一派，不听指挥。

过了几日，沈橙橙仍在想着那天夏颜带她去见乔意可的目的。

单纯是为了气乔意可，还是借由她去打击冯安妮？想来想去，沈橙橙简直快把自己给逼疯了。她索性不想了，趁着没课，她对着镜子收拾了自己一番，径直打车奔向市内，去找权佑。

权佑是沈橙橙的朋友，虽然，他比她大了五岁，但依旧不妨碍两人的交情。他在市内临河的位置开了一间茶室，沈橙橙偶尔去坐坐。就这么一来二去，便开始熟稔。后来，沈橙橙将苏莫青青和夏颜也带去那里，四人便都熟识了。

之前冷清的茶室，因为她们的到来变得热闹起来。

而两人真正的交好，倒是因为一个意外。

开店总容易遇到意外。一次，有位顾客的男朋友找上门来向权佑挑衅，说权佑勾引他的女朋友。权佑一脸茫然，那人不分青红皂白便挥了拳头上来。两人扭打成一团，见状，沈橙橙立刻报了警。警察赶来将两人带走，沈橙橙也跟去做了笔录。

好在事情水落石出，只是那人的女朋友单方面对权佑有着不切实际的憧憬，而权佑压根儿不知道她是谁。

打架事小，但两人在扭打过程中将茶室门口的墙面损坏。本来洁净的墙面和室内相得益彰，现在却变得全是污渍，显得斑驳。

权佑有些懊恼，沈橙橙安慰他说："不用担心，我来帮忙。"

沈橙橙凑齐颜料，仅用一天功夫便在墙面上画出一幅宁静致远的山水画。竹筏流水，远山如黛，和茶室的气氛更搭配了。

虽然，权佑没说什么，但自那之后，两人更亲近了些。有时，沈橙橙来，权佑直接免单。

就这么一来二去，两人的关系慢慢变了。对沈橙橙来说，权佑更像是自己的哥哥，是个凭空多出来的亲人。她有什么解不开的烦恼，实在没办法和苏莫青青、夏颜明说时，便会找上权佑。

这次，也不例外。

沈橙橙走进"桥之中"时，权佑坐在室内一角正在看书。听到门口有动静，他站起身来，恰好和沈橙橙对上了视线。

"来了，你一个人？"权佑问。

"嗯，一个人。"沈橙橙四下看去，又说："今天没什么客人呢。"

"准确来说，在你来之前，只有我，没有别人。"权佑轻笑。

相比林唯一和乔意可，权佑长得不算耀眼，但他身上有种旁人无法企及的光华，安定而顺遂的感觉能让人平静下来。而且权佑越往后看越好看，最重要的是，他有内涵。和他聊天，只会觉得愉悦。

如果要做比较，权佑是茶，一杯香茗下肚，整个人都神清气爽起来。

沈橙橙看着权佑，笑出声："不是，看你这样的营业状况，我总觉得你这家店的生存岌岌可危。"

"哪有，还算能够维系温饱，你担心什么。"权佑说。

不远处的古旧时钟发出"铛，铛"的响声，权佑抬起右手，看了眼手表，说："十二点了，你想吃点什么，我给你做。"

"肉酱意面，炸鸡块！"沈橙橙思索了一下说。

"每次都要吃炸鸡，真是小女孩。"权佑看着她，眼里有温柔的笑意。

"你的茶还有吗，我去拿个杯子接着泡。"沈橙橙说。

"还有，今天泡的是正山小种。你来得也巧，我刚刚喝了一道茶。"权佑说。

沈橙橙端着茶，站在开放式的厨房外面，权佑正在把黄油饼干放进烤箱，回头时，看到她问："怎么今天忧心忡忡的，发生什么了？"

"我什么都没说，你怎么知道我忧心忡忡了？"沈橙橙将茶杯搁在桌上，绕进了厨房。

权佑没有回头，他一边从冰箱里取出食材一边说："你要是来找我喝茶，不是这副模样。既然已经摆出了这副模样，那肯定是有什么事情让你很困惑。"

一语中的。

沈橙橙撇了下嘴，感慨了一句："怎么每次都被你猜中。"

"这叫了解，不叫猜。"权佑纠正。

"好，好，好，我说。"

于是，权佑做饭时，沈橙橙就在一边絮絮叨叨。她说了林唯一的突然告白，也说了夏颜拉着她去见了乔意可和冯安妮的事情，也说出了自己的困惑。

说完之后，香喷喷的肉酱味道在整个室内蔓延开来。本来柔肠百结的沈橙橙被食物的香味安抚了心绪，突然放松了下来。

权佑用一个灰蓝色的盘子给她盛了面。盘子的明度不高，显得黄色的意大利面和红色的酱更加鲜艳。沈橙橙拿了叉子，又撒上了一层芝士粉。等到面上铺满了黄白的芝士粉，她这才虔诚地端着盘子走到了座位上开始吃。

权佑把鸡块端了上来，沈橙橙忍不住徒手去抓。他看得好笑："你每次都是这样，但奇怪的是我一点都不反感，倒觉得你可爱。"

听了权佑的话，沈橙橙眨眼："那说明我是真的可爱。"

权佑伸手，轻拍了一下她的脑袋："啰嗦。"

权佑很宠沈橙橙。茶室的厨房是开放式的，格外干净整洁。他为了不让油烟弥漫，菜单上都没有油炸食物。但沈橙橙三番四次想吃炸鸡，权佑无法，特地为她去买了一个空气炸锅。

平日里空气炸锅都不怎么用，只有在沈橙橙闹着要吃炸鸡的时候，权佑才会给她做上一份。

权佑对自己的茶室有着苛刻的要求，却舍得为沈橙橙破例。

而沈橙橙也很珍惜和权佑在一起的时间，这是难得的平心静气。她只要受伤难过，除了会想到苏莫青青和夏颜外，便是权佑了。但她也担心，自己如此频繁地"骚扰"权佑，会不会让权佑觉得麻烦。

想到这里，她放下叉子，忍不住说了一句："对不起。"

这话突兀，权佑看了她一眼："怎么就要跟我对不起了？"

"每次我都拿自己的烦心事来麻烦你，长久下来，我也不知道你会不会烦。"她小声说。

"怎么会，你每次跟我说什么，我都很乐意去听。你尽管烦我。"权佑笑眯眯地说。

听了权佑的话，沈橙橙若有所思地点了点头。

"哦，对了，"权佑停顿了一下，说："那个……林唯一的事情，你是怎么想的？"

听到这话，沈橙橙有些迟疑。她思忖了一下，说："我不大敢想，也不知道林唯一到底是什么意思。"

"你管他什么意思呢？凡事要是全部刨根究底，早就失去神秘了。而对于恋爱来说，正是那一份神秘最吸引人。你看，当年你对林唯一一知半解时，不是最喜欢他吗？"权佑问。

权佑的话让她无言以答，只能点头。

"乔意可回来，夏颜拉你去和他见面。我个人觉得，这事儿有点不地道。"权佑说。

"不地道？"她反问道。

"你想不想见乔意可是你的事情。但夏颜拉你去，就变成了她想知道你俩之间到底还剩下什么。你呢，你的感受是什么呢？"权佑反问。

感受是什么？沈橙橙垂下脑袋，忽而又抬起头，说："从我露出伤疤的那一刻，我就觉得我和他没什么关系了。当年赌气不接受来自他家的馈赠是为了让他理亏，但毕竟过去这么长时间了，人也是会变的。伤疤依旧在，只是我选择了向前看。"

最后一句话说出来时，沈橙橙觉得自己的心里好像有一块石头落了地。她并不觉得再直面"乔意可"这三个字有什么困难了。

听了她的话，权佑也放了心。他说："既然你都这样想了，那便是没什么事能够再困扰你了。"

"是啊，如果不是跟你聊天，我还不知道原来自己已经看得这么开了。"沈橙橙说。

"既然你都不介意乔意可了，就别计较夏颜那次冒冒失失的事情了。女孩子有时候对旧仇人是很不理智的。"权佑说。

提到夏颜的旧仇人冯安妮时，沈橙橙总觉得有点不安。但她又说不出这种不安的理由，只知道可能是女人的第六感。

她总觉得冯安妮此次是来者不善，但具体要做什么，她又猜不到了。

好在正午阳光肆意，隔着玻璃撒了进来，温柔地倾泻了一室。她这才发现，茶室的设计相当美，仅仅是坐在这里，便能感受到人间的美。看着往来人群和泛着波光的河道，沈橙橙焦躁不已的心绪又慢慢平静下来。

未来的忧虑不必现在担心，明日自有明日的担当。

和权佑一番攀谈后，沈橙橙的心情好多了。周末，她被网球教练一个电话叫醒，对方在那头冷飕飕地出言提醒："我说橙橙，你还要怠懒到什么时候啊，你办的季卡是有时限的，你自己不来上课，还想拖到几时？"

还在被窝里的沈橙橙被教练一通狂批的头皮发麻，最后，只得起床。而教练下了死命令："下午两点到四点的课，再不来，有你好看的。"

下午两点，沈橙橙准时出现在网球场。除教练外，她还看到了林唯一。林唯一也是一身运动装，黑色的运动衫，白色短裤，脚上踩着一双荧光橙的网球鞋。那鞋的颜色太过耀眼，有些晃眼睛。手上还拿着一款和她一模一样的球拍。

她能说什么呢，球拍这么大，她没办法悄悄把它给藏起来啊。

林唯一走到她的面前，露出一口白牙，还满脸欣喜地说："好巧啊。"

"巧吗？"

世界上哪有那么多的偶然，有些偶然，只怕是别有用心的必然吧？

沈橙橙暗笑，巧不巧，她是不知道，但就这份用心，她莫名地被他感动得有些心软，连指尖都有些微微发麻。

秋风还夹裹着最后的暑气，但沈橙橙的心头却无比火热，风声响起，带起了一片可以燎原的心惊。

她上网球课，林唯一就坐在一边笑眯眯地看着。他丝毫不掩饰脸上的神情，反而大大方方地托着腮一直看着她。

那样直白的眼神，傻子都看得明白。

她羞得想要躲开，不过每次都会失败，反倒引来教练的怒火："沈橙橙，看球，球在这里，那边是个人！"

被点名的她只好惨兮兮地挪回视线，但下一次撞上，林唯一眼底的热情依旧会将她包裹。

其实，她也有想过，两人相处时，除了第一面有些尴尬，后面几次居然表现得好像多年老友一般。他并没有过多疑惑，她自己也并不觉得尴尬。

是的，他是她的憧憬。但林唯一的平易近人，却让她意外。

这节网球课上得沈橙橙云里雾里，好在两个小时总算熬过去了。她拿着球拍走到场边，林唯一递来一瓶橙子味的运动饮料，瓶口已经细心地拧开，她只用接过来往嘴里倒就行了。

说实话，这样的细心，让沈橙橙有些感动。

她接过饮料，林唯一又坐回原位。他看着她，说："你还真是不辜负自己的名字啊。"

沈橙橙含了一嘴的饮料，疑惑地咕噜了几句。她本以为林唯一没听懂，哪知他眨了眨眼睛，说："你在问我，你说什么？"

一字不差。

"沈橙橙，喜欢橙子和所有橙子味的东西，连香水也挑橙子味道，甚至连颜色也偏爱橘色。不是吗？"

林唯一的话，让沈橙橙惊异地睁大了眼睛。她一眨不眨地看着林唯一，忍不住脱口而出："你怎么知道？"

"我说过了，我比你想象中的，更了解你。"林唯一笑答。

他此刻的微笑十分自信，还带着一份莫名的笃定。沈橙橙几乎溺毙在那样的神情中。

不知是高温烈日，还是徐徐热风，反正沈橙橙此刻只觉得自己的脸颊烧得慌，连心脏都有些不安分起来。她假装镇定，狠狠喝完了一瓶饮料，企图压制住自己快要从喉头滚出来的心脏。

喝完后，她连忙起身，背对着林唯一说："我……我去练习了。"

说完之后，她几乎是跑着逃离现场的。哪知她太过紧张，没跑几步便踩到了场边的小球，脚一打滑，摔落在地。

"轰"的一声，听起来就像是磕到了骨头了。林唯一立即起身跑到她的身边，她还趴在地上，看样子是摔懵了。

林唯一问："你觉得哪里疼？"

沈橙橙一脸呆滞地看着他，好一阵后，才说："都……都还好，我，我比较耐摔。"

听到这话，林唯一更加肯定，"这孩子约莫是摔傻了。"他直接将沈橙橙打横抱起，沈橙橙只觉得突然失重，一阵颠倒，便感觉到了林唯一的体温。

她靠倒在林唯一的怀里，惊慌失措地连手脚都不知怎么放。她的脸通红，此时只能深深地埋在他的胸前，好阻挡住他的目光。

不管怎么看，沈橙橙的行为都像极了一只受惊的小动物。林唯一只恨自己没办法多长出一只手来，好拍拍她的脑袋，要她不要紧张。

其实，网球场附近就有医疗站，但林唯一不放心，坚持开车带她去医院就诊。到医院时，沈橙橙对林唯一说："我伤得不重，可以自己走。"

林唯一置之不理，依旧抱着她往医院里走去。他连挂号都没舍得让她多等一会儿，就直直闯入了主任办公室。

正在办公桌上伏案的主任抬起头来，看到林唯一，还有些惊讶："唯一，你怎么来了？"

"叔叔，快帮我看看她伤到哪儿了！"林唯一的额头上全是汗，脸上写满了紧张。

林唯一向来遵纪守法：过马路会等红绿灯，买东西也会老老实实排队，平时自己上医院也会按顺序挂号。

但是，一遇到沈橙橙的事情，他便放弃了一切原则。

他抱着沈橙橙拍 CT，林主任看过后，对他说："没事，小姑娘左脚只是肿了，没伤到骨头，只是扭了筋脉，过段时间就好了。"

听到这话，他算是松了口气。他伸手，轻轻在沈橙橙上脑袋上敲了一记道："跑什么跑，笨手笨脚的，连那么明显的球都看不到。"

沈橙橙抿了下嘴唇，立刻道歉。

见到她这副样子，林唯一又心软了。他刚要说话，林主任先开腔："唯一，这是你女朋友吧？"

林主任的话，让沈橙橙大窘，她刚准备说不是，却被林唯一截下了话头："还在追呢，叔叔，你也觉得她长得像我女朋友啊？"

听到林唯一的话，林主任大笑："你这个小鬼头。"

林主任和林唯一的对话，让沈橙橙更是面红耳赤，恨不得将脑袋藏在椅子下面，再也别拿出来见人为好。

林主任开了药，又嘱咐了沈橙橙一番，林唯一听得比她还认真。临走前，沈橙橙朝林主任鞠躬致谢，林主任笑了笑，说："我们家唯一可是个好孩子，让他这么上心的姑娘，我可是从没见过呢。"

听到这话，沈橙橙刚刚恢复平静的脸，又开始慢慢发烫了。

因为，她简直快疯了。

哪有人这样不按常理出牌的，明明还没见过几面，连家长都先见了，简直就是岂有此理。

但真说生气，她又气不起来，心里还蔓延着一股说不出来的甜味。因为，这实在太细微了，藏到心里的角落，让人无法发觉。

谁也不是傻子，一个人对另一个人用不用心，都是可以感受得到的。

沈橙橙并不想奋起直追那些虚无缥缈的理由，可是今天，她确确实实感受到了林唯一带给她的那种爱意。

不过从那日之后，林唯一更是光明正大地找上她了。他借口她行动不便，天天跑来她的学校探望，那样毅然决然的姿态，简直让人望而生畏。即使是有人对她有意思，看到了林唯一这样的竞争对手，连上去一战的勇气都没有，便直接退让了。

林唯一很优秀，这是众人默认的事实。

她整日都能见到他，深感疑惑，忍不住问："你天天来找我，不准备上课了吗，你学校那边没事吗？"

林唯一笑道："我特意算过课程，所以没问题的。"

听到这话，沈橙橙有些感慨。脑子好使的人真是不一般，连逃课这种事情都计算好了最佳时间。

不过相处久了，林唯一也走下了她心中的神坛。虽然，不再完美无瑕，可是鲜活了起来。

他的性格随和，待人有礼，但对于喜欢的事情又格外地执着。林唯一喜欢马术运动，业余时间都花在了马场里。他甚至还有一匹自己的马，名叫 Iris（伊丽丝）。

第一次听到这个名字时，沈橙橙就知道，这是一匹母马。她问林唯一时，他点了点头，并解释说："这是希腊神话中的彩虹女神。"

沈橙橙对此很感兴趣，林唯一经不住她的央求，说抽时间带她去马场看看。

听到这个应承，沈橙橙有些激动，一时忘记了自己腿脚不便。她本想是感谢性地握握手，哪知脚下一绊，直接扑到了林唯一的怀里，还给了他一个扎扎实实的拥抱。

而林唯一，也被这个热情的拥抱闹了个大红脸。一米八六的他顿时手足无措，不知该把自己的手往哪里放会比较好。

虽然，每次都是他厚着脸皮跟在沈橙橙身后，有时也假借一些不成文的借口去牵她的手。但这一次，却是沈橙橙主动的。虽然，只是无意，但林唯一就是想将其归结为"主动"。

他一向最引以为傲的便是他的自制力，可面对这一瞬，他一直暗想，若是能将这一刻延长再延长就好了。

抱住林唯一的沈橙橙察觉到了他身体有些轻微的颤抖，她抿了下嘴唇，心里暗想，原来真的不是她的错觉。面对着林唯一，她的的确确也会感到紧张。

好在沈橙橙伤得不重，再加上林唯一的精心照料，她恢复得很快。其间，苏莫青青和夏颜都喊她周末出去玩，都被她以腿脚不便为由给拒绝了。但这样的她也并没有在家休养，反倒是被林唯一带着到处跑。

明明只是日常出行，却硬生生地被林唯一带出了一种约会的味道。每次出门前，沈橙橙还要提前两个小时收拾打扮，等到林唯一来接她时，她多少还有些忐忑。

夜深人静时，回想起这段时间发生的事情，她感觉自己是真的在慢慢走出阴霾。

不再惧怕别人的示好，也不再抵触别人的接近。而且沉寂很久的心终于又复苏了。

这些，应该都是林唯一的功劳。

当再一次，提到这个名字时，她忍不住笑了。

"他果然天生就适合这个名字，独一无二，不做他想。"

"唯一的唯一。"

第三章

回忆不在
阑珊处

天气转凉，林唯一带沈橙橙去医院去做最后一次的检查，只是两人在前院疯闹起来。

起因倒也简单，沈橙橙见前院花架走廊上的花开得好，便忍不住捡了一只落花，想要别在林唯一的耳边。林唯一不让，沈橙橙偏要。

林唯一也感到沈橙橙变了，她在他面前恣意多了，不再是之前束手束脚的样子了。

即便如此，林唯一还是不想让沈橙橙得逞。他大男人一个，凭什么簪花？但他又怕沈橙橙追追打打再次扭了脚，于是，就放慢了脚步，好让她追上来。

沈橙橙追上来后，伸长了手臂非要把那朵小花别在他的耳际。林唯一长手一伸，抵住了她的额头，她不论怎么伸手，都和林唯一有些距离。她的手也没有林唯一的手长，两只手怎么划来划去，连他的衣角都沾不到。

见状，林唯一忍不住哈哈大笑起来。

"林唯一，你不要仗着手长欺负我！"沈橙橙气鼓鼓地说。

林唯一只是笑，没应她的话。

沈橙橙这一喊，除了林唯一听到外，不远处的乔意可也听了个清清楚楚。起初他以为是听岔了，但当他无心转头，视线越过树丛，便看到了那边的林唯一。

不是幻听，真的是林唯一。

乔意可停下脚步。

那边的声音远远传来："好了，好了，我不跟你疯了，我自己戴总行吧？"

是……沈橙橙的声音？

在一边偷听的乔意可不敢大步向前，他借着半人高的树丛，在缝隙中努力窥视，最后，终于看到了那墨绿色的裙摆。再往上看去，便是沈橙橙那张可爱的笑脸。

乔意可感到呼吸有些窒息。

"好看吗？"耳边别着一朵花的沈橙橙冲林唯一问。

林唯一只笑不语，忍不住伸手抚上她的发顶。乔意可在一边偷看，此刻恨不得冲上前去，狠狠甩开林唯一的手。

他死死扣住手心，不断提醒自己要理智。他眼巴巴地看着林唯一轻轻拍了拍沈橙橙的脑袋，轻声说了句："好看。"

沈橙橙笑了，那样的笑容是她之前从不曾有的。乔意可有些心烦意乱。

从前的她有些胆怯，连微笑都藏着几分，还死活不肯露出真心。她就像一只蜗牛，背着重重的壳，怎么都卸不下来。以前，乔意可天真地以为，这就是沈橙橙，她是没办法卸下身上的重负，蜗牛脱了壳该怎么活？

现在，他才意识到，沈橙橙不是蜗牛。是他只看到了沈橙橙面对他的一面，从而自以为是地以为她对全天下的人都是一样的。

并不是一样的，怎么会是一样的。

乔意可缓缓坐在地上，有些无助地看着地面。他的双耳没有闲着，依旧捕捉着那边的对话。

"你不是说带我去马场看看吗？"沈橙橙说。

"看你这次的检查结果，如果恢复得好，我们下周末就去。"林唯一回答。

这不是平日里的林唯一，乔意可咬牙切齿着，并有点愤恨地想。

平日里的林唯一，礼貌有加，对人却从不和蔼。他像是和所有人都有一层看不见的隔膜，就像是镜中花，伸手一触，便消失不见。

而现在的他，是活生生的林唯一。

"肯定好了，肯定好了！"沈橙橙的声音打断了乔意可的沉思。

"好，好，好，那下周六我去接你，可以吗？"林唯一讨饶地说。

"真的吗？"沈橙橙惊喜地喊出了声。

"真的。"

两人的声音渐行渐远，直到听不见了，乔意可这才站起身来。他恍恍惚惚地走向住院部的时候还撞到了好几个人。

周六，是吗？那他也周六去见沈橙橙好了。

想到这里，乔意可笑了出来，他不是好人，并没有想过放过谁。

既然她要他记得，那么他就不会忘。

周六一到，沈橙橙便自觉自愿地起了床。她收拾好自己，又去厨房做好了早餐。这时，她的父亲沈远山正好走出房门。

沈远山看到沈橙橙一愣道："今天外面在下冰雹吗？"

"我只是起了个早床！"沈橙橙无奈道。

"起了早床还做了早餐，有点不太真实。"沈远山边说边坐了下来，沈橙橙适时递上了一杯温开水。他喝完之后，对沈橙橙说："说吧，你今天又有什么事情要求我？"

这就是她的父亲，虽然，看起来很威严，但私下里却平易近人。沈橙橙觉得自己和父亲的关系不像父女，倒像是朋友。

沈橙橙的母亲早逝，她由父亲一手带大。十几年下来，她深知父亲付出了什么。

"我今天要出去一整天，不要太想我。"沈橙橙笑道。

"又是和苏莫青青还有夏颜一起？"沈远山问。

扭捏了一阵后，沈橙橙有些不好意思地低下脑袋，说："不是，和林唯一。"

听到这个名字，沈远山愣了一阵，随即展开笑容，说："这个名字，我好像听过很多年了。"

确实很多年了，多到沈远山都知道此人。当年，沈远山还跟沈橙橙开玩笑："你这么胆小，要不然我去跟他说说，让你俩交个朋友？"

那时候的沈橙橙红着脸说不要。

沈远山也知道沈橙橙容易害羞，此时，见她恨不得把整张脸埋进面碗里，他才说了一句："那好好玩，还是那句话，晚上十点前一定要回家。"

面对父亲的嘱咐，沈橙橙点了点头道："好的，谢谢爸爸。"

吃完早餐后，沈远山想了想，又从钱夹里拿出了几张钞票和一张信用卡递给了沈橙橙。沈橙橙愣了一下，问："爸爸，这是干嘛？"

"约会，你也要负担一部分，占别人便宜不好。"沈远山说。

沈橙橙接过父亲手中的钱和卡，向前走了两步，用力抱住了沈远山道："知道了，爸爸。"

沈远山拍了拍她的脑袋，"嗯"了一声。

沈橙橙洗好碗筷，又回房间里换好了衣服，端坐在梳妆台前犹豫了一阵，最后，还是看向了那些化妆品。

化完妆后，她拿上背包，换好鞋子，和沈远山打了招呼，便出门了。

她和林唯一约好在小区门口的车站见面，现在时间还早，她无聊地在车站走来走去。她见路边有小孩用粉笔划过的格子，那是她很小的时候玩过的一种游戏，叫跳房子。一时间她童心大发，忍不住踩着那些格子跳了起来。

她的裙摆飞扬，笑容灿烂，看愣了不少路人。

沈橙橙玩得尽兴，撩过落在眼前的碎发，刚一转身，便撞到了人。她连忙说："对不起"，对方却没有回应。她抬头，却看到了熟悉的人。

"乔意可。"

她忍不住后退一步。

他状似无意，绕着她走了一圈，问："你今天打扮得这么好看，是有约会吧。那我站在这里，应该是打扰到你了。"

听到这话，沈橙橙不知该说什么。她惯性地低下头，却发现乔意可穿了一双让她很眼熟的鞋子。

这是她当年和乔意可一起买的鞋子，与她的那双一模一样。

当时，乔意可不喜欢如此寡淡的白色，他的鞋子向来斑斓，一双白色好似打破了鞋柜里的平衡，而沈橙橙却很喜欢白色。

经不住她的几番哀求，乔意可还是把鞋子买了。虽然，他抱怨良久，说这双鞋子不好配衣服，他是绝对不会穿的。

现在，看到这双鞋子时，沈橙橙抬头，讥诮地说："不是绝对不会穿吗？"

"这个世界上有什么事情是绝对的？"乔意可反问道。

他的脸上流露出一种奇异的神态，像悲伤，又像是失望。她形容不好那种神情，但是，她看得出来，乔意可似乎很伤心。

在很久之前，沈橙橙就在想，她和乔意可的关系一直很奇怪。可是她很肯定，她和乔意可做不了朋友。他们之间缺少成为朋友的必要条件，他们既没办法因对方的成长而欢呼，也没能力全然信任对方。

他们皆是彼此的囹圄，一朝踏错，终生不覆。更可怕的是，在几年前，这是他们之间乐于见到的场景。

"既然我没有太阳，你也一起陪我长眠在夜里，我们两个人，再也不要窥见天光。"

这句话从乔意可的嘴里说出来，让沈橙橙有些惊讶。

在她的印象里，乔意可向来都是无法无天的。他是太阳，只有别人围着他转圈的份，没有他躬身让旁人讨饶的情景。所谓"绝对"，她曾经在乔意可身上窥见过端倪。

但是，这样的人，却突然说出"这个世界上有什么事情是绝对的"这句话。

他不适合这种问句。而且，他是绝对的。沈橙橙这样回答自己。

见她半天没有反应，乔意可说："沈橙橙，今天我有点事找你，你抽出今天的时间给我。"

乔意可还是和以前一样霸道，根本不在乎别人有没有空。仿佛这些都是小事，只有他一个人才是重中之重。

说他幼稚吗？其实，乔意可并不幼稚，他只是拥有绝对权。

但沈橙橙不再是以前的那个她了。面对乔意可，她生平第一次说出了"不"字。

"不？"乔意可眯起了眼睛，很是好奇地看了她一眼。她不再如以往那般胆怯。她挺直了脊背，任由他打量。

是不一样的，但他也不会让沈橙橙如愿。乔意可长手一伸，直接拽住了沈橙橙的胳膊。沈橙橙还没反应过来，便被乔意可塞到了车上。

他动作极快，像是经过了深思熟虑。被塞到车里的沈橙橙突然意识到，乔意可今天并不是一时兴起路过她家，而是有备而来。他一定是想要做什么，才特地到这里来的。

可是沈橙橙又想不出，他到底为何而来。

她想趁他不注意时立即下车，哪知他的动作更快，一上车便落了锁。乔意可看到沈橙橙的小动作，忍不住嗤笑道："你以为我是谁，我还不了解你吗？"

就是这么一句话，瞬间将沈橙橙打回原形。仿佛她又是当年的那个女生，是那个永远贴着"乔意可"的专属标签，背地里被人称呼"小奴隶"的那个沈橙橙。她战战兢兢地活在乔意可的阴影之下，生怕扬手抛洒。

"乔意可，你到底想干嘛？"沈橙橙问。

"我并不想干嘛，你为什么总觉得我做什么都有目的？"前方正好是红灯，乔意可将车停了下来，侧过脑袋看着她问。

"没什么，过了红绿灯，麻烦把我放下来，我约了人，时间快到了。"沈橙橙说。

"推了。"乔意可说。

"你总是这样，枉顾别人的心愿。我有事就是有事，你难道就不会正正经经约我一次，我们找个时间好好谈谈？"

说话时，沈橙橙的声音忍不住高抬。

从很久之前，沈橙橙便知道自己在乔意可眼里没什么地位。呼之即来挥之即去，根本没有重视的必要。但为什么到现在，他都不肯好好地给她尊重。每次都是这样，要来就来，要走就走，只是一个招呼的事情，而她的心情，永远都是最不重要的东西。

久而久之，她也知道了，其实，对于乔意可来说，她也是一个不重要的东西。

乔意可刚准备说话，沈橙橙的手机便"叮叮咚咚"地响了起来。她拿出来一看，是林唯一的电话。

沈橙橙只觉得糟糕至极。她刚准备接起电话，哪知手机直接被一边的乔意可抽走，他开了免提，对林唯一说："我是乔意可。"

电话那边的林唯一显然愣住了，过了一阵，他才说："沈橙橙呢？"

乔意可说："在我旁边。"

"我要和她说话。"林唯一的口气变得严肃。

"我又没绑着她，她自然可以开口。"乔意可嘲笑道。

电话那边的林唯一喊了声沈橙橙的名字。声音里充满了温柔，让沈橙橙不知该如何是好。

"林唯一……"沈橙橙喊道。

"你在哪儿？"林唯一问。

"在乔意可的车上，不知道他要把我带去哪里。"沈橙橙的语气透着无奈。

乔意可轻"嗤"一声道："还是我说吧。我一大早来沈橙橙家这边，遇到了她。想着老朋友很久没叙旧了，便把她带走了。林唯一，你不会介意吧？"

"我介意。"林唯一说："你们在哪儿，我去把沈橙橙接回来。"

"你觉得可能吗？"说完后，乔意可挂了电话。他将沈橙橙的手机关机后放入了自己的口袋。

沈橙橙也没想要把自己的手机要回来，她不会傻到相信乔意可会这么好心地把手机还给她。虽然，她不明白乔意可的突然而至是为了什么。

一路上两人无话，车内寂静。沈橙橙没有手机，只能转过脑袋看向窗外飞驰的景物。乔意可也无心攀谈，似乎对这样的沉默十分满意，并任由这样的气氛蔓延下去。

没过一阵，沈橙橙便发现路上的景色越来越熟悉，再定睛看去，这不是学校附近吗？

卖糯米包、油条的小摊仍在，虽然，价格涨了，但是，老板没换；对街的小卖部门面已经拆除；小餐厅也改头换面；那家常去的奶茶店并到了隔壁的手机营业厅中……

沈橙橙轻声问："你带我来这里做什么？"

"没什么，想起来自己没吃早餐，想吃附近的一家牛肉粉，就正好过来了。"乔意可随口道。

"就这样？"沈橙橙是不信的。

她随着乔意可下了车，两人走进面馆。沈橙橙在占座之前对乔意可说："我吃过早饭了。"

乔意可点了点头，也不知道是听进去了，还是没听进去。

没过一阵，乔意可端了两杯豆浆过来，接着又端了一碗牛肉粉。

牛肉粉上飘着一层红油，光看都觉得舌根发麻。但她知道，乔意可嗜辣，从高中时便是无辣不欢。

乔意可一边拿筷子拌粉一边对她说："出国这几年，想吃点辣的虽然不难，但是，想吃这样一碗牛肉粉却不容易。现在重新吃到了，还是记忆里的那个味道，挺怀念的。"

沈橙橙没接话，只是端起豆浆，喝了一口。

只有觉得过去美好的人才念旧，她不喜欢过去，并不能如乔意可一般感同身受。

吃完后，乔意可擦了擦嘴，又带着她往学校的方向走去。其实，他们的学校早就整体搬迁了，但空出来的教学楼因为手续还没审批下来，接手的开发商暂时没办法拆除。于是，那几栋楼荒废着屹立在一片繁华中。

乔意可推了推那扇铁门，铁门被铜链和铁锁拴着。他用力摇晃了几下，摇松了铁门下的插销。接着他又用力推了推，推出了一道缝隙，正好容一个人通过。他对沈橙橙招了招手，说："咱们进去看看。"

他眼神里流露出一抹顽皮如孩童般纯粹，沈橙橙看得愣了，等到回过神来，便贴着乔意可挤进了那道铁门的缝隙中。

他们的学校不大，站上升旗台，一眼就可以望到底。不过此刻学校被荒废后倒是显得格外空旷，三栋教学楼的门窗洞开，黑黢黢的，像是藏了什么。

有风经过，一扇门被吹得关上。"轰"的一声，吓得沈橙橙寒毛直竖，立刻紧紧跟在了乔意可的身后。

乔意可察觉到她的小动作，并没奚落她，只是问："怕？"

沈橙橙也不矫情，用力点了点头。

乔意可想了想，递了一片自己的衣角给她，说："怕就牵着。"

看着那片衣角，沈橙橙哭笑不得，心里却"倏"地软了一角。他总是这样，沈橙橙以为他不能再坏的时候，乔意可就会一反常态地嘘寒问暖。而当沈橙橙对他有所期待时，乔意可便会慌不择路地搞砸一切，甚至，连他们之间仅有的一点情分都能砸个彻底。

沈橙橙也不知道这样的人是好是坏。她恨他，但又狠不下全部的心。

她还在想，乔意可打断了她的思绪："走吧，我们去班上瞧瞧。"

"嗯。"

他们走到教学楼，来到了高三六班的门口。门洞大开，沈橙橙几乎不敢往里看。还是乔意可胆大，他让沈橙橙在门口等一阵，他进了教室，将窗帘全部打开。

室内终于恢复了明亮，沈橙橙大着胆子往里看了一眼。

桌椅瘫倒，室内狼藉，遍寻不见曾经的样子。乔意可随意扶起一张桌子，摆在了那里，对她说："你还记得吗，我以前就坐这儿，你坐我旁边。"

沈橙橙点头，说："记得。"

"我也觉得奇怪，三年下来，我的同桌那么多，偏偏就觉得你顺眼。"乔意可说。

"你这话是在夸我吗？"沈橙橙问。

"没夸你，我在思索，我的品位是不是越来越差了。"乔意可说。

听到这话，沈橙橙这才察觉原来乔意可是在拿她开涮。她气得快走几步，高高举起右手捏成拳头作势就要砸他。乔意可却笑呵呵地举手讨饶："好好好，我错了。"

"这还差不多。"沈橙橙这才放下手来。

乔意可看到这样的沈橙橙，嘴角也忍不住也泛出了微笑。他说："现在的你比以前可爱多了，有什么不满就直接说出来嘛。"

"以前我敢吗？"沈橙橙说。

"现在你就敢了，谁给你的胆子，怎么以前没借你一个？"乔意可问。

听到这话，沈橙橙愣了一下，自己也莫名其妙地笑了起来。

不是谁给她胆子，也不是什么敢与不敢。是因为沈橙橙不再害怕失去他了。

一个人年少的时候总是对自己有诸多的不自信。不管是外貌上的，还是能力上的。有时，嫌弃成绩单不够漂亮；有时，觉得鼻子上为什么偏偏要长一颗痘痘；有时，还要嫌弃身上的校服丑陋；有时，还要担心自己的身边朋友不多，显得孤僻……

但沈橙橙觉得生活给了她既甜蜜又苦涩的礼物。她的两个至交好友都相当优秀，所以，更衬得她身无所长。

说漂亮，苏莫青青已经是全校第一了，根本没什么可比性；说有钱，夏颜家的公司全市知名，也没什么好说的；说成绩，苏莫青青一人之下千人之上；说才艺，夏颜钢琴十级，新年音乐会上还做过表演……

沈橙橙掰着指头数来数去，总觉得根本不需要跟她们做比较，自己就已经甘拜下风了。

还有那个突如其来的乔意可。

人人都想巴结乔意可，乔意可却偏偏挑中了一个她。

从乔意可莫名使唤她的那一天起，班里的同学便开始对她变了态度。她也说不出是什么感觉，像恭维，又像讨好。反正是一种从未有过的滋味。

时间久了，沈橙橙便懂了那是个什么滋味。她像是古代伺候皇帝的大太监，一言一行都代表了主子的意思。旁人想要巴结主子，自然也要讨好奴才，她是占了乔意可的光。

还有个词可以完美地诠释她的地位，叫作"狐假虎威"。

她是狐，被乔意可的权威笼罩，保护她在自己的势力范围里不遭旁人的欺辱责难，并给了她一定限度的自由。

沈橙橙一直天真地认为她和乔意可的关系是平等的。大家都是利用和被利用。我给你提供劳动力，你给我提供便利。大家谁也没有占谁的便宜。

但事情永远不会如人所想，有一天，乔意可打破了这种微妙的平衡。

他问沈橙橙："你跟苏莫青青的关系很好？"

问那句话的乔意可，表情凶巴巴的，像是有些不耐烦。沈橙橙吓了一跳，以为他也对苏莫青青有什么偏见，刚解释了两句，乔意可就打断了她。他问："就只用回答我，是不是关系很好。"

沈橙橙不解其意，只好说："是的，她和我一直都是好朋友。"

听完这话，乔意可"哦"了一声，便不再说什么了。沈橙橙很敏感，她对乔意可留了个心眼。

有时，苏莫青青会来班上找她。每当这时，一向下课就要冲到操场上打球的乔意可便会抱着球回到自己的座位上。他假装很爱学习地翻开书，还要捅一捅坐在身边的沈橙橙："咦，下节是什么课？"

黑板最右侧用白色粉笔写了偌大的字他不去看，非要问正和苏莫青青说话的她。

这是什么心思，也就不言而喻了。

沈橙橙也不知道是出于什么心态，向苏莫青青引荐了乔意可。她拉了拉苏莫青青的胳膊，指给她说："这个是乔意可。"

苏莫青青笑得礼貌，全然是出于她的面子："我是苏莫青青。"

而沈橙橙亲眼看到，苏莫青青的微笑，点亮了乔意可眼里的星光。她那位不可一世的同桌第一次红了脸，讲话也开始有些不自在。他不自然地咳了两声之后，傻兮兮地说了一句："你好"，仿佛鹦鹉学舌一般好笑。

沈橙橙没有笑，她笑不出来。她的心脏就像被挤过的柠檬，酸水一个劲儿往外面翻涌。

多好啊，公主终究是可以得到王子的青睐，而像沈橙橙一样的小红帽，等着她的只有外婆家里的大灰狼。

从那之后，乔意可有意无意便会路过苏莫青青的教室。装作一副无辜的样子找人叫她出来，并说今天忘了带历史书明天忘了带语文书。反正他总有借口。

沈橙橙看在眼里，什么也没说。但是，心里别扭得就像被抢了玩具的孩子，心里跳跃着一簇不知名的小火苗，"蹭，蹭"地烧得她不自觉笑了起来。

从那天起，她开始明白，书上的心灵鸡汤，大部分都是骗人的。什么只要心灵美就够了，如果外表不美，谁会多看你一眼。即使看上你又如何，只能做故事书里那个连名字都没有的龙套甲。

乔意可从沈橙橙的手机里翻到了苏莫青青的电话。每夜都会给她发短信。苏莫青青也没有怎么搭理，但到后来，两人还是聊了起来。

这些，沈橙橙都是知道的。苏莫青青不止找她抱怨过一次："那个乔意可，好烦人，总缠着我。"

这时，沈橙橙有些恍惚了。苏莫青青这样近乎于娇嗔的抱怨，到底是烦恼居多，还是炫耀居多？

次数多了，沈橙橙就有些恼了。

她再也不会去看乔意可打球，也不会替他买水，甚至连桌面都不会为他整理了。刚开始时，乔意可还未发现。越到后面，他察觉了沈橙橙的异样，除了感到奇怪外，甚至还有一丝说不清道不明的怅然若失。

本该是完完全全属于他的人，为什么现在变成这样？乔意可想要她说个清楚。

不过，正当他想要找到沈橙橙时，却又没办法联系到她了。

因为，沈橙橙决心要参加美术方面的高考，在学校的时间，也越来越少了。甚至连苏莫青青周末约她出来温书，她都拒绝了。

沈橙橙也说不上为什么，但是，嘴里说"不"的那一瞬间，简直就是爽死了。不管是她刻意地拒绝苏莫青青，还是不再替乔意可做任何事情。这样的隐隐快感，大概就叫作报复吧。

在外面上补习班时，沈橙橙认识了夏颜。两人同校，但不同的是，夏颜是高二的转校生。关于她的流言蜚语，从未断绝。

夏颜的眼睛很大，用一句毫不夸张的话来说，那简直就是占了整张脸的三分之一。人也长得可爱，而且和她还有几分相似。

有人自爆说和夏颜是小学同学，从那时开始，她便有车接送，而且是清一色的大奔。也有人说，初中时，她家里破产了，现在不过是爱装潇洒爱装酷而已，家里根本没有几个钱。

沈橙橙听烂了这种鬼话。她暗地里想着，"这些话传来传去有什么意义？又不是说出来能让人多长半块肉，别人家的事情，何必去辗转这些莫须有的口舌。"

虽然，那时她听说了夏颜，但两人的真正相识，还是因为一本书。连沈橙橙自己也没有想到，原来要和一个根本不熟悉的人变成好友，时间和缘分，可以解决一切。

上补习班后，沈橙橙认真听讲。倒不是因为她有多爱学习，纯粹是因为父亲给她布置了任务："我不求你考个什么第一，你起码在期末考试的时候比月考高十分总可以吧？数学只考三十分，看起来太丢人了些。"

美术生不要求那么好的文化成绩，但沈橙橙的数学实在太烂了，谁都看不过眼了。她自己也觉得不好看，便只有认真学习了。

每天，沈橙橙都在认真听讲，夏颜却每天都在看小说。她看完一本扔一本，看起来实在是潇洒。虽然，夏颜看小说，但做题也不含糊。一心两用，没人比她更厉害了。

沈橙橙羡慕得不行，心里暗自佩服。

两人坐得近，下课时也常常聚在一起聊天。沈橙橙无意间说到一本小说，说自己找了好久都没有找到那本书的下册。听到这话，夏颜从书包里抽出了那本小说的下册，递给了她。

"我之前也找了好久，最后还是托人在别市买到的。我看完了，你拿去看吧。"夏颜说。

沈橙橙一脸钦佩地看着夏颜，愣是把夏颜瞧得不好意思了。最后，夏颜只好袒露实情："我和乔意可是姐弟，谢谢你平时照顾我弟弟。他也总跟我提到你。不过这件事情你要保密，不能说出去。"

沈橙橙自然回答："好。"这样的事情她也没有必要到处去讲。

不过两人实在趣味相投，很快便混作一团。用俗话来说，这大概叫狼狈为奸。

等沈橙橙回到学校的时候，美术联考已经结束了。她避无可避，只有返回学校，一边上课一边等着大学的专业课考试开始。文化生的复习阶段已经过了好几轮了，沈橙橙明显有点跟不上进度。但是，她依旧每天都很刻苦，连老师都觉得她变了很多。

没有"乔意可专用"这个身份，沈橙橙活得颇为自在。回到学校之后，乔意可却强行把她拉上天台，一脸愤恨地质问："你凭什么不跟我联系？"

说这话的时候，乔意可带着往常的高傲，他的表情永远都是那么不可一世，仿佛每个人都应该匍匐在他的脚下，向他俯首称臣。

沈橙橙却没有了之前那样的小心翼翼，冷冷地反问了一句："我有什么理由非要跟你联系？"

她那张可爱的脸上，第一次摆出了冷如冰雪的表情。因为，她从不生气，所以，乔意可一直以为她没什么脾气，每次很自然地凌驾在她之上。今天的事情，乔意可以为沈橙橙马上会露出可怜兮兮的表情来向他道歉。

但是，这一次，一切都不一样了。

甩下这句话之后，沈橙橙转身就走，才不管身后的乔意可作何感想。马上就是接踵而来的调考，之后，就要按这次考试结果开始最后一次分班。踢掉绩优班里的差生，把优秀生替上去。

沈橙橙瞅准了这次时机，一心要力争上游。她卯足了劲儿就准备高考的最后一搏，哪里还管得了别人的心思。

乔意可这辈子都没被别人如此忽视。沈橙橙拂袖而去，他居然开始莫名地慌乱起来。他快走了几步，伸手抓住了沈橙橙的胳膊，他脸上酝酿着隐隐的怒气，忍不住"吼"了一句："你跟我把话说清楚。"

夕阳西下，金色的阳光倾撒下来，并从门缝中渗出，拖长了他们的身影。

少年一脸的怒意隐藏着无法见人的慌乱中，沈橙橙却无动于衷。她脸上的沉静就像画一样精致，一笔一笔描摹得无限深刻。

沈橙橙的冷漠，让乔意可不知如何是好。他的心脏止不住地开始收缩，甚至连体内都传来了奇怪的疼痛感。

"你不是已经通过我和苏莫青青认识了吗？我们不用在维系这种莫名的关系了吧。我不想再当你的奴隶了，你跟苏莫青青做朋友吧，我没有这个资格。"

沈橙橙说话时，声音不大，却格外用力。每一个音节，都像是她从齿缝中挤出来的。

乔意可被沈橙橙突如其来的恶意，狠狠击中。他有些不可置信地看着她，见她露出嘲弄的笑意，像是洞悉了他心底最狼狈最不堪的念头。

一瞬之间，乔意可脑子里冒出来了一个邪恶的想法。

他突然甩开了沈橙橙的手臂。非常用力，非常突兀。沈橙橙完全被他抓在手里，这时被挥开，她的重心不稳，整个人向后倒去。

乔意可并不是故意的，他只是没办法面对自己从心里突然涌出来的奇怪想法，而这种感觉胜过所有。但它是如何被称呼的，乔意可并不知道。

接近两米的楼梯，沈橙橙没有防备，连扶手也没有抓牢，就这样滚了下去。

剧烈的疼痛从小腿蔓延到脊椎，痛得沈橙橙流下眼泪，但是，她一声不吭，只是用力地咬住自己的嘴唇，渗得满嘴都是血。

疼痛让她都觉得自己要碎成几瓣了。

等乔意可反应过来的时候，沈橙橙已经倒在了楼梯上。

乔意可第一次感受到什么叫恐惧，阴暗湿冷的绝望将他紧紧地裹住。沈橙橙那张毫无生气的面孔永远地印在了他的脑海里。

时间让两人都定格，谁也忘不了那一天。呼啸而来的救护车，匆匆赶来的乔父，还有作陪的校长，都深深的让乔意可难以忘记。

而沈橙橙那边，只有她爸爸来了。

那是乔意可第一次见到沈橙橙的爸爸，他满以为沈橙橙的爸爸会对他发怒或者是大吼。哪知她爸爸从头到尾都不曾注意他。

最后，沈橙橙没有参加考试，而后的几个月，她也没有来学校。医院检查说，沈橙橙右腿胫骨骨折，需要休养。而她本人，依旧是那样的沉寂，好像丢了魂。

乔意可的父母去医院探望过沈橙橙，沈橙橙的爸爸一向待人客气，而沈橙橙只是笑笑，不愿开口说话。

这些事情都是爸爸妈妈告诉他的，而且爸爸妈妈明里暗里都在说："你去看看沈橙橙，毕竟，她是因为你摔下去的。"

苏莫青青也来过，夏颜也来过。只有罪魁祸首的乔意可自始至终都没有前来探望。因为，乔意可害怕，害怕沈橙橙不原谅他，害怕沈橙橙不肯同他说话。

毕竟，两人曾经也是朋友，乔意可单纯地以为，那种不平等的相处方式，是朋友。

如果要认真计较，乔意可在那个时候都不知道自己干了什么。

他不知道为什么沈橙橙突然提起苏莫青青，这明明是他们两人之间的事情。而最让乔意可受不了的那句话，便是"我不当你的奴隶了"。

早在初中的时候，就有人说过，"乔意可，你身边的人只有两种，一种和你平起平坐，一种就是你的奴隶"。

起初他对这句话并没有很在意，而且也没放在心上。

他的家境优越，不少人接近他的时候总会抱着莫名的试探，甚至连老师都会私下问他："乔意可，你爸爸最近忙不忙，老师想请他吃个饭。"

到了高中，这样的情况也没有好转。他也终于肯承认，当初别人的一句话，还成了真。

乔意可也问过自己的至交好友林唯一："这都什么世道，交个朋友还要被评价？"

林唯一耸了耸肩膀道："嘴巴是长在别人身上的，有能耐你去撕下来啊。"

林唯一和乔意可打小就认识，两人一个院子长大。后来，因为乔父转业，乔意可一家便搬了出去。好在彼此住得也不算太远，两人又上了同一所高中。平日里还会来往，周末也会约出去打球。两人的感情也相当深厚。

但是，乔意可认识了沈橙橙后，他觉得沈橙橙推翻了别人对他下的定义，因为，沈橙橙是心甘情愿为他付出的。

不知道为什么，沈橙橙为他做的事情，他一概认为理所应当。以至于别人让她做点什么，他都要私自干涉："自己去做，不要麻烦她！"

久而久之，已成习惯。甚至他在家里想要喝水的时候，都会下意识地喊一句："沈橙橙。"

而当他遇到苏莫青青的时候，终于明白所谓"惊鸿一瞥"。

那个时候，乔意可才知道，自己也有害羞的时候。每当苏莫青青来找沈橙橙，他都会端坐在一边悄悄打量。苏莫青青多好看啊，从睫毛到发梢都是美的，就像无瑕美玉，一点儿都挑不出瑕疵。

每次面对苏莫青青的时候，他总是手心濡湿，紧张的连话也不会说。向来横行霸道的他，第一次结巴了。

最让他两难的是，苏莫青青和沈橙橙是好朋友。一方面，他不想让沈橙橙察觉自己对苏莫青青的感觉；另一方面，他又希望能和苏莫青青多说说话。两者相较，他矛盾极了，最后也只能求助于林唯一。

那天，打完球之后，两人坐在长椅上喝水。乔意可想了半天，还是说出了他的苦恼。

林唯一听完他的苦恼之后只是一笑："对你来说，苏莫青青和沈橙橙，哪一个比较重要？"

乔意可摇了摇头，说："不知道。"

"如果你选择苏莫青青，那就是最好不过了。"林唯一伸手撑着下巴，淡淡地说。

而那句话，乔意可理解了好久都没能明白。直到沈橙橙受伤入院，他才发现，林唯一每天放学之后都会刻意绕到医院，他并不进门，仅仅是路过而已。

本来他以为林唯一只是顺路。但是，时间久了，他才发现不是那么一回事。而且是刻意的……就好像是为了去看沈橙橙又不敢进门一样。

这样的林唯一，像极了自己。

而这样的发现，却让他开始惶恐起来。沈橙橙是他的朋友，怎么可以被林唯一惦记着？

他向来憋不住话，但对这件事情，他却忍了很久。直到高考放榜后，他才问林唯一："你是不是喜欢沈橙橙？"

问出这话，天知道他用了多大的勇气。他甚至都想扪心自问，"你不是非常在意苏莫青青吗，为什么又对沈橙橙这样执着？"

而当他听到林唯一的答案，才觉得这样的感觉比高考失利还揪心，甚至于，比苏莫青青亲口跟他说她喜欢的是他们班班主任还难受。

如果可以，乔意可希望自己没有问过这个问题。

因为，林唯一回答说："嗯，我喜欢沈橙橙。"

他的表情非常认真，根本不是开玩笑可以装出来的模样。那样的林唯一，让乔意可印象深刻，而且，从来没有忘记。

那年高考失利，沈橙橙只考上一所三本院校。

这样的结局一点也不意外，沈橙橙倒是觉得在情理之中。她安然接受。

乔意可的父亲主动找上门来，说可以帮助协调一下。他十分诚恳地说："橙橙，你的考试失利，原因全在我们这边。如果不做出补偿，我会觉得相当的不安。"

沈橙橙终于知道为什么眼前的这个人能走到如此高位，他说话相当有水平。即使是举手之劳的施舍，也说得好像是亏欠一样。

但是，沈橙橙没有接受，她直接拒绝了乔意可的父亲。对方有些诧异，随即又平静下来，对她说："若是有什么需求，直接找我。"

可能乔意可的父亲看穿了她的心思，却没有明说。

沈橙橙一直觉得，这是乔意可的错。她要是轻易地以物易物让他赎了罪，乔意可便会忘了这件事。

她不愿意让他轻易忘记，这是他的罪。她想要他牢牢地印在心上。

可是连她也忽略了自己的心意。因为，她并不明白自己的记仇，到底是出于不甘心，还是出于对乔意可这个人的执着。

而且，连她自己也没有察觉，其实她并不恨乔意可。她明白乔意可的愤恨，也懂他的逃避。她莫名地宽容他到底源自何处，她也不敢深入地考虑。

但让她倍感意外的是，乔意可在放榜过后的几天，居然独自来到她家楼下。晚上十一点，外面的蝉都不叫了。她爸爸那天出差不在家，乔意可发来短信："沈橙橙，你下来，我有话跟你说，很重要的事情。"

什么话很重要？沈橙橙百思不得其解。她纠结了很久，还是下了楼。

时隔多日，乔意可还是那样：短短的头发，一件黑色的T-shirt和水洗磨白牛仔裤，DUNK款式的板鞋，五官精致，笑起来的时候右边脸颊有个酒窝。他站在路灯下面，来来回回踢着地面；或者是倒退几步走来走去，一副无趣的神态。

学校里有多少人明里暗里注意他，沈橙橙哪会不知道。而她站在远处，就这样凝视着乔意可。仿佛在学校的光景，一幕一幕地在眼前重现。

她走得极慢，似乎是挑着不堪负荷回忆的重担，直到走到乔意可面前时，时光才与眼前的他重合。

连记忆里笑容的弧度，都是一模一样的。

乔意可此刻有些害羞，仿佛夏日里偷偷绽放的栀子花，带着露水，白得脆弱。虽然，沈橙橙知道，男生不应该用花来形容。但是，他的好看，真的不能单单用树来形容。

沈橙橙眨了眨眼睛，似乎要把他的表情尽收眼底。

两人僵持了很久，乔意可抬起来的头又低下去，抬起来又低下。这样的动作重复了无数次之后，他终于伸出手牢牢地把住了沈橙橙的双肩，看着她的眼睛，说："沈橙橙，跟我在一起。"

第四章

旋转这一秒
的孤寂

教室的门被窗外的风突然吹开，狠狠地砸在了墙面上，发出了剧烈的声响。深陷回忆的沈橙橙被这样的动静唤醒，她再抬头时，看到了坐在课桌上的乔意可。

　　乔意可看着她，勾起唇角，问："怎么了，想起以前的事了？"

　　她点头："嗯，上去天台看看吧。"

　　听到这话，乔意可脸色一变，转过脑袋道："有什么好看的，不去。"

　　"乔意可，你不能只回忆快乐的而忘记痛苦的。记忆就是记忆，是客观存在过的事情。"沈橙橙说。

　　萧瑟的风声又"呜呜"地响起。乔意可故作无事，扬起眉毛，对她说："你不怕吗？"

　　"我怕，但是，我最怕的时候已经过去了。我曾经很怕你会不会突然抛弃我，恭喜你，你已经把我最怕的事情做了。人总是以信赖伤害别人，要伤害像我这样的人，最万无一失的办法就是对你报以百分之百的信赖。"沈橙橙说。

　　她的语气极其理智，说话的时候都没有什么情绪的起伏。而她原以为自己说这些话是会哭的，因为，当年她就大哭过一次。

　　现在看来，她果然还是低估自己了。疼痛过后，人会长大，伤口结痂，成了铠甲。

乔意可没想到沈橙橙会提到这个话题，一时间有些愕然。

对于乔意可来说，这样的事情，是难以启齿的。他想解释，却不知该从何说起。而且话说回来，这又有什么好解释的呢？她已经给他定下了罪名，再想翻案，只怕难于登天。

想到这里，乔意可站起身来对沈橙橙说："走吧，上去看看。"

通往天台的楼道更黑，身边时不时传来嘈杂的声响。有时是鸟鸣，有时是风声，还有些声音，他们根本无法分辨。

沈橙橙还是很怕，她死死拽住乔意可的衣角，乔意可被她拽得侧过了半边身子。两人看不清前路，却依旧一脚深一脚浅地爬到了最高处。

推开破铁门的时候，屋外响起一阵羽翼扑棱的声音。明媚的阳光争先恐后地扑面而来。

和那天的残阳不同，今天的阳光，十分明朗，似乎能扫除心底的阴霾。

"阳光还是新的，真好。"沈橙橙伸了个懒腰。

"谁说的。说不定这个阳光诞生之际是你出生的时候。它花了二十年的时间才走到你身边。你怎么知道这缕阳光是新的？"乔意可反问。

"我说是就是！"沈橙橙撅起了嘴。

看到她耍无赖的样子，乔意可心头一甜。他想笑，最后还是收敛起了放肆的表情。

他何止是想笑，他还要伸手，轻轻在她的脸上捏一下，看看她的脸蛋是否依旧如棉花糖般柔软。

但是，乔意可清晰地意识到，沈橙橙这样的神情，不属于他。

"林下骑竹马，青梅几时华，犹记当时年少，怎知离别话。"想到这句话，他默默地将双手背到身后，对沈橙橙说："好好好，现在让你一次，谁叫我是男人呢？"

"你这话说得……"沈橙橙"噗嗤"一笑，"你前几年就不是男人啦？"

"你不要得寸进尺！"乔意可瞪她。

"好，不说了不说了。"沈橙橙摆了摆手。

两人站在学校的最高处，向下看去，自是另一番风景。沈橙橙第一次俯视学校的风景，心里还有几分欣喜，像是从纵向观摩自己的回忆，这样看去，又是别种滋味。

她侧过脸，看到乔意可正用一种若有所思的神情打量着她，一时间有些意外。

"看什么？"她问。

"你。"乔意可说。

"我有什么好看的，比我好看的成千上万。我又不养眼。"沈橙橙自嘲道。

乔意可沉默了一阵，过了很久才说："但你是独一无二的沈橙橙。不管你信不信，当年我找你说话，并不是为了苏莫青青，只是因为我想跟你说话，仅此而已。"

听到这话，沈橙橙的心里也没起半点波澜。她只是点点头，说："知道了，当年误会你了。"

时隔多年，重新听到这些话，乔意可并没有什么安慰的感觉，只觉得不合时宜。

酒越陈越香，普洱年份越足越纯，但解释来得太晚，就只是冬日里的蒲扇，夏天里的鹅毛被。

东西是好，也没什么用了。

乔意可还想说点什么，他刚一开口："我……"

"好了，我们下去吧。这次下楼你别再把我扔下去了。"沈橙橙半是打趣地说，率先走在了前头。

他被打断的话，再也没有勇气继续说下去了。他将那些话重新咽下，跟在沈橙橙身后，一起走了下去。

有些话，也没必要再说了不是吗？沈橙橙深知，若是要把两人的恩怨瓜分干净，从乔意可的父亲找上门的那一天起，她就该点头答应乔家的馈赠。在乔意可跑到她家楼下的时候，她可以选择不下楼。

但是，人生不是游戏，关键选项不能寄存在进度档案里，选错了也只能硬着头皮走下去，没办法回头。

她也从没想过"如果"，如果二字，便是不会发生的事。

黑峻峻的楼道里，乔意可说话的声音显得诡谲而空灵。黑暗给予了他别样的力量，让他把藏在心底的问题说了出来。

乔意可问："沈橙橙，你喜欢林唯一？"

听到这个熟悉的名字，沈橙橙心头一跳，脸上忍不住有些燥热。她小心地踩着脚下的台阶，一步一步往楼下挪去。

只怕是三年前摔得太痛，让她的生理机能产生了自主反应。这次下楼，即使是乔意可提到了林唯一，也没让她分心。

沈橙橙没有答话，直到走出教学楼时，这才转过身来，面对乔意可。

她开口说话时，乔意可却下意识地掩上了耳朵。脱离昏暗的环境，乔意可的勇气又缩回了壳里。

看到他这种幼稚的举动，沈橙橙有些诧异。在她心里，乔意可一向都是想什么做什么，雷厉风行又果断迅速，根本不会有犹豫不决的时候。

这是她第一次看到乔意可的懦弱。

原来，乔意可和她，并没有两样。

她伸手，拿掉他掩住耳朵的左手，说："我们轮流提问回答，你回答过我的问题，才有资格跟我提问，反之一样。"

"那如果有不想或是不能回答的问题呢？"乔意可问。

"就跳过，那么你也不能问我问题。"沈橙橙说。

很狡猾的方式。如果没有答案，问题也随时中断。但他不得不承认，这的确是个好方法。

乔意可点了点头。

"那我先回答你的问题，你想听那个答案吗？"沈橙橙说。

乔意可摆了摆手，说："我换个问题。"

他居然逃避了。沈橙橙有些诧异，她并不明白为什么乔意可会下意识地逃避那个答案，但沈橙橙不会自恋地以为，他还喜欢着自己。

不可能。

如果乔意可喜欢她，当年便不会将她的自尊拾起，又狠狠摔裂在地。

"那你问吧。"她说。

乔意可想了想，一双黑色的眸子牢牢看住她，说："你这三年，过得还好吗？"

听到这话，沈橙橙先是一愣，忽而又笑起来。她忍不住说："这算什么问题？"

"既然不算问题，你倒是回答啊。"乔意可又露出那副痞痞的模样，歪起一边唇角，露出坏笑。

其实，这是乔意可最想知道的问题，他一直都没办法问出口。他不知道该找谁问，也不想去打听关于沈橙橙的消息。这样的方式，是他能想到的最好方法了。

并且，他也不知道，他到底是想听到什么样的回答。

"起初很难过，是夏颜陪我度过了最难熬的日子。后来就慢慢适应了。"沈橙橙回答道。

过得好不好这个话题，问得很笼统，她却不想回答得如此概括。她曾经的不好，全是乔意可给的，如果他想知道，她就不会选择隐藏，她会一五一十地说给他听。

乔意可大概也没想到沈橙橙会如此老实地交代，听完后，他愣了一阵，脸上的表情五味杂陈。

"听到这个答案你感觉怎么样，是你想要的回答吗，乔少爷？"沈橙橙讥诮地笑道。

乔意可没说话，双手背在身后，紧紧握拳。他低下头，不敢直视沈橙橙。

不是的，他不想要这样的回答。他的心底传来一阵又一阵的反驳声。他情愿听到沈橙橙当年没心没肺地忘了他，过得精彩纷呈，甚至乐不思蜀。他情愿听到沈橙橙亲口承认自己和林唯一过得很好，也不想知道她当年如何难过。

但现在，乔意可不得不承认，他当年的不辞而别，是真的给了眼前的她很大的伤害。

"那段时间，我天天做梦，梦到你回来了。我在梦里笑啊，笑到最后，忍不住又哭了。醒来之后，我满脸都是泪。现在想想，我可真傻。梦里的眼泪，有谁会看到呢？"沈橙橙的话仿佛是呓语，又轻又软，风一吹就听不见了。就是这样模糊的声音，乔意可却奇异地听了个清清楚楚。

她说的每一个字，都牢牢地凿在了他的心上。

问到最后，两人都不想继续再互相询问下去了。防备试探，最后却被真相伤得鲜血淋漓。

"乔意可，其实，我一直都不肯承认我喜欢过你。我一直都藏得很好，生怕自己说出'喜欢你'三个字就输了。现在想想，输了就输了吧。我以前喜欢过你，但已经是喜欢过了。"沈橙橙说。

听到这话的乔意可，心底里蔓延出无限的惶恐之感。他不敢深想这话背后的含义，也不敢去想为什么一向内敛的沈橙橙敢于剖白这样的心声。

这样的沈橙橙有种决裂的姿态，好像是无言地告诉他，她与他的过去，终究要两清了。

可是，他不想和她划清界限，她要他记住的事情，他没有忘记。

那为什么，她却要把他撇下？

沈橙橙和乔意可从学校出来后，乔意可又带她去市区转了一圈，两人吃过午饭，他又拖着沈橙橙兜风，像是死活都要拖足一天，不肯让她回家。

直到下午三四点，乔意可终于大发善心，将沈橙橙送回了家。

他如此看重时间，沈橙橙觉得奇怪极了。疑问一直萦绕在她的心头，但她又不知道该问些什么好。

总不可能说："咦，乔意可，你这是在完成什么任务吗？"

太傻了，不想问。而且她所有的勇气已经用完了，现在面对乔意可的她，像一副瘪下去的皮囊，内里空空，什么都不剩。

下车时，乔意可将手机还给了她，她对乔意可说："路上小心。"

明明只是很平常的嘱咐，乔意可却忍不住心酸了一下。他摇下车窗，对沈橙橙说："沈橙橙，我们不会就这么算了。欠你的我还没还，没还清之前，你别想撇下我。"

说完后，乔意可开车扬长而去，只留沈橙橙一人站在原地。

沈橙橙拿着手机，好半天没回过神来。她不太明白，乔意可的话到底是什么意思。

回到家中，沈橙橙打开手机，里面塞满了林唯一的短信和未接电话。沈橙橙回拨过去，林唯一马上就接起了电话："橙橙吗？"

他的紧张从听筒里传了过来，沈橙橙听得心里一暖。她"嗯"了一声："林唯一，是我。"

林唯一长吁了一口气，说："乔意可没对你怎么样吧，你现在在哪儿？"

"我在家。他没对我怎么样，你放心好了。"沈橙橙说。

"怎么可能放心。"林唯一抱怨，"那你从你家客厅的窗户探出脑袋给我看看，看到你了我就走。"

听到这话，沈橙橙的心脏猛然一缩。从早上到现在只怕有七个多小时了，这么久的时间里，林唯一一直在这里等着她？

想到这里，沈橙橙连衣服都来不及换，连忙穿了双鞋子，便往楼下冲去。电梯来得太慢，她急得跺脚，最后干脆不等了，直接从五楼冲了下去。

等她走出楼门，便看到了那个坐在凉亭处的林唯一。他还举着手机，视线望向她家的方向。沈橙橙悄悄绕到他的身后，伸手拍了一下他的肩膀。

林唯一一愣，展开笑容道："你怎么下来了？"

"你等了多久？"沈橙橙问。

"什么？"林唯一一时间没反应过来。

"从早上到现在，你等了多久？"沈橙橙不依不饶。

"没多久。"林唯一说。

"七八个小时了吧，怎么会没多久！"看到林唯一这副样子，沈橙橙又急又气，还有一种说不出的感动。她点了林唯一的手臂："你干嘛在这里傻等，不知道回家吗，要是我晚上才回来呢，你就在这里站到晚上？"

"嗯，站到晚上。"林唯一很肯定地说。

"你是不是傻！"沈橙橙忍不住"吼"他。

"看到你平安我就放心了，等几个小时都值得。你早点回去休息，我们下周再去马场。"林唯一伸手，轻轻在她的脑袋上拍了几下。

沈橙橙不说话，只是气鼓鼓地瞪着他。瞪着瞪着，她却觉得有些眼酸，有种隐隐想要流泪的冲动。

眼前的人可是林唯一啊，他为什么要对她这么好啊？沈橙橙胡思乱想着，一腔憋屈不知该从何处发泄。

她不是觉得委屈，只是替林唯一觉得不值得。

林唯一看到沈橙橙的眼眶泛红，一时间慌了手脚。他问沈橙橙："怎么了，是被乔意可欺负了吗，我去找他。你别哭啊。"

被他这么一说，沈橙橙更憋屈了。她拽着林唯一的袖子，居然莫名其妙就这么哭了起来。她气自己，为什么勇气不能来得早些，为什么自己不敢早点和林唯一说话，从而错过了他这么久。

林唯一也急了，他被沈橙橙扯得不敢动弹，只知道傻傻地站着。他感到沈橙橙的眼泪沾湿了他的袖子，沾湿了他的皮肤，也点燃了他心中爱的火焰。

他大着胆子，将沈橙橙揽入怀中。

沈橙橙跌入他的怀里，一时间觉得温暖极了。他的身上有着好闻的味道，似松脂又像薄荷，很干净很清爽。她的脑袋贴在他的胸口，衣服隔不住心跳。

一个人的言语会骗人，表情会骗人，唯独心跳是掩饰不了的。她窥见林唯一说不出口的心声，听到了他为自己增速的心跳。

自那日之后，沈橙橙和林唯一之间就变得有些古怪了。她再也不能抱着一颗平常心去面对林唯一了，甚至连看他的短信提醒和手机号码都有些脸红心跳。讲电话的时候，简直像是得了一种心慌气短的毛病，怎么都觉得氧气不够用。

这样的状况持续了一个多月，本来说好去马场，也因为她有事耽搁了。等到再想起来的时候，林唯一又和家人一起出门了。两人一来二去，怎么都凑不到一块。

沈橙橙有些气馁，林唯一安慰她："好事多磨。"

不过也好，沈橙橙暂时还没能找出最好的方式来应对林唯一，这样不常见面，也算好事。

她把这件事对夏颜说了，夏颜嘲笑她："沈橙橙，你这反应弧也太长了。明明前几个月第一次见面就应该反应过来的，怎么到现在才想明白？"

沈橙橙争辩道："前几个月是陌生人，陌生人！"

"你还玩什么最熟悉的陌生人啊，你跟他认得十多年了，青梅竹马大概就是说的你们吧？"夏颜调侃。

"什么青梅竹马，你简直就是在乱形容！"沈橙橙气得想要打她。

两人闹过一阵后，沈橙橙又问到苏莫青青。夏颜说："她啊，她老人家似乎想要考研，现在正忙着上课呢。"

"现在，不是大四毕业之后才能考研吗？"沈橙橙问。

"是啊，但你也知道那家伙，她是一个喜欢提前做好准备的人。"夏颜说。

沈橙橙点了点头。

其实，她从认识苏莫青青时，便觉得苏莫青青很像天鹅。水面上的苏莫青青优雅至极，人人艳羡。而这样的优雅和天资，是需要努力和勤奋维持的。但谁也不会去注意水波之下天鹅的双脚，它们需要拼命摆动，才能维持水面之上短暂的美丽。

不用去艳羡任何人的光鲜，光鲜之后，必有艰辛。

想到这里，沈橙橙问："什么时候叫苏莫青青去桥之中吧，我们好久没聚一聚了。"

夏颜点头："好主意，我现在就给苏莫青青打电话。"

两人围成一团，中间摆了个手机。夏颜开了免提，没过一阵，苏莫青青的声音便传了过来："干吗？"

"喊你去桥之中，最近我和橙橙都没看到你了，有点想你。"夏颜说。

"下周吧，我这周课程有点紧，下周我联系你们。"苏莫青青说。

"下周不见不散啊，苏莫青青，你可一定要记得。"沈橙橙补充了一句。

"好，好，我先去上课了。"苏莫青青挂断了电话。

挂了电话，夏颜问沈橙橙："一个半月后就是寒假了，你准备去哪里吗？"

沈橙橙摇头："哪里都不去，过完年之后我要去实习。"

她爸爸早早就交代下来，寒假已给她找好了实习的地方，让她别闲在家里没事做，该上班就好好去上班，这么大的人了，也该开始接触社会了。

沈橙橙冲爸爸撒娇，说："想在家里多休息一段时间。"沈远山早就看穿了女儿的心思，便说："别想偷懒，现在该学点东西了。"

见父亲露出一副没有商量的神情，沈橙橙也才怏怏称是。

现在，夏颜又提到寒假，沈橙橙更郁闷了。

听到她的话，夏颜一脸惊诧："你要去实习，哪个公司啊，我去当个前台给你做伴？"

沈橙橙报上了公司名字，夏颜听得一愣，眼神突然间就变了。

两人熟识多年，沈橙橙一看夏颜的表情便知道事出有羞，她试探着问了一句："怎么了？"

"那公司，我舅舅也有股份。这次乔意可回来，就是为了在这家公司实习一段时间，然后，针对这家公司的运营状况，来完成毕业论文。"夏颜说。

听了半天，沈橙橙终于回过神来："你的意思是，我去上班的话，极有可能遇到乔意可？"

"不是极有可能，是一定会遇到他。"夏颜说。

说完这话，夏颜忍不住揉了揉自己的眉心。她叹了口气，说："你跟乔意可真是有缘，明明都想尽办法避开彼此了，最后还能够遇见。"

沈橙橙知道，夏颜是最不相信缘分的人。能让她说出这番话来，那确实是因为沈橙橙和乔意可之间存在着无数的巧合。

"有缘无分，终究没什么用。在一个公司就在一个公司呗，反正该说的我已经都跟他说了，他要做什么，是他的事情。如果我还要扭扭捏捏地躲着他，那我也太不大气了。而且，该被人议论过的，我也经历过了。再来一次，也没什么大不了的。"沈橙橙说。

夏颜很清楚地记得，当年沈橙橙答应和乔意可在一起时，在高中旧友中引起了多么大的轰动。彼此之间一传十十传百，每个人的口气都各不相同。但大部分的人都是抱着幸灾乐祸的心态在传递着流言，好像沈橙橙不该得到乔意可的青睐。

更有甚者还在挑拨沈橙橙和苏莫青青之间的关系。许多人一次又一次找上苏莫青青询问："乔意可不是喜欢你的吗，怎么被你朋友捷足先登了？"

苏莫青青向来不轻易被离间。她的回复简洁有力："关你什么事，有空多吃两碗饭，屠宰场还空着呢。"

不过沈橙橙和乔意可的交往没有持续几个月，两个月后，乔意可给沈橙橙发了一个短信，上面就三个字："分手吧。"

沈橙橙看到短信后也没什么反应，她回复："好啊。"

这些，夏颜是听沈橙橙说的。说话的时候，沈橙橙也是一如现在，面无表情。

但是，夏颜知道，沈橙橙就是这样，永远都不想别人为她担心。她总是假装快乐，在人前一副没心没肺的样子，即使是关系再好的人，都看不出她的情绪。

只是有一次，夏颜和沈橙橙一起去临市过周末。两人住在酒店里，夏颜半夜睡醒了发现沈橙橙不在。她四处寻找，最后在阳台上看到了沈橙橙。

沈橙橙正蹲在地上，缩成小小的一团，瘦弱的脊椎弯成了异样的弧度。夏颜走过去蹲下来，抱住了她。

见到有人来，沈橙橙立即止住了哭。但夏颜抱着她，一下一下轻拍着她的后背。她终于还是忍不住，大哭起来。

她在哭的时候，夏颜从她不甚清晰的呢喃中听到了一个名字——乔意可。

那时，夏颜的心也狠狠地疼了一下。

要有多难受，才会在午夜梦回时，连哭也不敢喊出他的名字？

天气冷下来了，夏颜也懒得往沈橙橙的学校跑了，只说有事"桥之中"见。苏莫青青也彻底成了夜行生物，每天，夏颜和沈橙橙在群里聊天，苏莫青青在半夜两三点的时候上线回复几句，然后，又不见了。

沈橙橙也忙，临近期末，几门大课都要结业，她天天除了寝室、画室就是食堂，忙得连喘气的工夫都没有。她每天都在画画，做梦的时候满脑子都是线条，实在是难受得要命。

想到过完年后，还要去实习，沈橙橙更是绝望。要是每天都活在这样的世界里，她该怎么办啊？

实在是透不过气来，她就跑去"桥之中"。

茶室温暖如春，还开着加湿器。她一进去，就舒服得只想叹气。权佑从厨房走出来，看到她的架势就想笑。他问："怎么，你作业多到这种地步了？"

她架势很大，手里拎着画箱，身上还背着两个画筒，简直是全副武装。

"对啊，太多了。而且寝室里好冷，我在家里画又会睡过去，现在就跑你这儿来蹭地方了。"沈橙橙说。

权佑点头，忽然，又说："对了，前几天苏莫青青来了。"

"苏莫青青？我好久没见她了。最近一次跟她说话是在凌晨两点，我起床上洗手间，她正好给我回复了消息。"沈橙橙说。

"她一般都是下午三点来，坐到七点回家。一直都在看书复习，看样子也很忙。"

听到这话，沈橙橙看着权佑。权佑被她的眼神看得有点心里发毛，忍不住问："怎么了？"

沈橙橙暗自好笑，又不打算说出实情，最后，只是摇了摇头，说："没什么。"

"你那个表情不像是没什么。"权佑说。

他还想追问，此时，门口有人进来，一个女声响起："这家店真不错啊。"

听到这个声音，沈橙橙下意识地往外看去，便看到了冯安妮。

她打扮得甜美可人，米色大衣内是藕色连身裙，白色长袜，藕色短靴，再配上她俏丽的短发，很是清丽。第一眼看去，谁都挪不开眼。

沈橙橙一阵恍惚，生怕看到了乔意可，她立即往遮挡物后躲了又躲，但心下还是好奇。而跟在冯安妮身后的是位陌生男子。男子一身潮牌，脚上还蹬着一双全是铆钉的鞋子，就差在额头上刻上"我不差钱"四个字了。

这个男子的模样很眼熟，但他叫什么，沈橙橙一时间竟然想不起来。

好在权佑拿着菜单过去了，沈橙橙正好躲在暗处偷听。虽然，这样的行为不厚道，但在这种特殊情况下，她也顾不上厚道了。

"我不是很懂茶，连恒你帮我点吧。"冯安妮说。

"那你喝果汁好了，免得浪费茶叶。"男子讲话很不客气，甚至不近人情。而且谁都听得出来，连恒不是在开玩笑。

听到男子说话的口气，沈橙橙终于想起这人是谁了，但她怎么也想不到，连恒居然会跟冯安妮坐在一起。

如果夏颜知道这个消息，她会疯的。

大概是去年的某天下午，夏颜找沈橙橙出门打电玩。那天下午，沈橙橙有两节大课，实在脱不开身，只能很抱歉地回绝了夏颜。

上完课，她准备问问夏颜是不是还没人陪，她打了电话又发了短信，夏颜都没回。

很久之后，夏颜才给她回了个电话说："别担心，有人陪我呢。"

后来，夏颜告诉她，那天她实在无聊，一人跑去电玩城敲架子鼓。胡乱敲了几把后，有男子推门而入，说："我教你一把。"

夏颜点了点头，便让位了。男子接过鼓棒，刚一坐下，夏颜就发觉此人的姿势很专业。音乐开始后，她彻底明白了，男子果然很厉害。

一盘结束，男子站起身来，把鼓棒交还给夏颜，说："其实，我也不是特地来炫耀技巧的，只是你敲得实在太难听了。"

听到这话，夏颜愣了一下。男生直接把她按在了座椅上，又投了硬币，说："准备开始了。"

他的动作完美地截住了夏颜的话头，简直都不给她时间生气。夏颜噗笑，只觉得这人确实另类，反正打发时间，认识一下也没什么不好。

抱着这样的想法，她竟然和男子就这么玩了整整一下午的架子鼓。

从那之后，两人便熟悉了。更巧的是，他们居然在同一所大学。男子名叫连恒，是国际贸易专业大三的学生，比夏颜高一届。

再一细问，原来他们还是一个高中的，他还认得林唯一。

这就更巧了。

连恒不算很帅，衣品也一般。他的衣服件件都是当季的流行款，并且价格不菲。只要稍微对时尚有所留意的人，便能分辨他的衣服价格。

连恒最招人注目的并不是这些，而是他的牙尖嘴利，稍不留神就能被他薄如刀锋的语言给划伤。而且他从不给人留面子，想到什么说什么，毫不留情。像他这样的性格，老实说，应该很不受人待见。可连恒却没有这个烦恼，他可招人喜欢了。

他有足够的实力招人喜欢。不管是篮球还是架子鼓，他都很拔尖。而且他为人仗义，有人要求帮忙，只要是能力范围内又不触及底线的事情，他都会答应，而且还做得很好。

自从夏颜得知两人同校后，有事没事便会去国贸的教室走走。有时她能遇上连恒，有时则遇不到。连恒似乎也对她颇感兴趣，时不时便约她吃饭看电影。有时自己新购的衣服有女装样式，还会给她带上一件。

夏颜不穷，这些衣服依样买上几件也不成问题。可连恒能时时想到她，这份心倒是让她动容。

夏颜也不记得两人是什么时候在一起的了，也不记得是谁先开的口，反正就那样自然而然地成为了男女朋友。好像这一切都是天经地义的事情。

两个人在一起也挺有趣，夏颜的性格大大咧咧，被连恒损伤两句也不生气。但在细微处，夏颜处处为连恒着想。连恒吃菜时不爱放葱花，有时点餐忘了说明，送上来时，夏颜便一点一点地将葱花挑出来。

其实，愿意做这些小事的人不多。当然，爱一个人的时候，愿意为他考虑到一切。

看过两人相处的沈橙橙也表示，他们很配，像是天生就该在一起。连恒看向夏颜的眼神里写满了宠溺，温柔得让人嫉妒。而夏颜的温柔也溢于言表。

他们是幸福的，这一点沈橙橙十分确定。她有时候想，如果可以，她真想看到这两人走向白头。

而且让沈橙橙最感到吃惊的一点是，夏颜如此一个容易厌倦的人，竟然和连恒在一起超过了半年。并且半年多的时间里，她连半句抱怨都没有。每次，沈橙橙和苏莫青青见到她时，她永远都是笑的。

而夏颜也对沈橙橙说："要是毕业的时候我就结婚了，你们千万不要惊讶。"

不光是那个时候该惊讶，听到这句话的沈橙橙已经很惊讶了。那个时候，沈橙橙还和苏莫青青打趣道："说不定我们一毕业就能喝上喜酒了！"

沈橙橙一向天真，凡事都喜欢往好的方面想。但是，她的天真却不惹人讨厌，反而显得纯粹。大概这种天性，就是个人魅力吧。

两位朋友带着期待，却迎来了夏颜和连恒分手的消息。

分手是连恒提出来的，之前根本就毫无预兆。只是，有一天，两人在吃下午茶的时候，连恒突然对夏颜说："夏颜，我们分手吧。"

当夏颜跟沈橙橙说起这件事的时候，神色很是感慨："现在人都流行莫名其妙就分手吗？你也是，我也是。"

沈橙橙不甘心地追问："为什么？"

"乔意可和你说分手的时候，你问过为什么吗？"夏颜反问。

那一瞬间，两人都沉默了。她们终于明白，两人成为朋友不是没有原因的。她们有同样的骄傲，有些事情，都是问不出口的。

其实，分手的理由就只是用来分手的，没有别的用途。知道以后，又能改变什么呢？

今日再见连恒，已经是奇事一桩。而且看到连恒和冯安妮在一起，她就更惊讶了。

她纠结了半天，想要给夏颜发条消息，但又怕夏颜不顾一切地冲过来，在连恒面前失去理智。

连恒和冯安妮在一起的这件事，本身就让夏颜有些失控。如果让夏颜同时面对冯安妮和连恒两个人，沈橙橙害怕她一时激动，把权佑的茶室给拆了。

沈橙橙左想右想，决定还是事后再转达。今天，还是先让她这个外人来看看情况。

这时，权佑正好给他们泡好茶叶，他走回沈橙橙的位置。哪知却看见沈橙橙没有好好留在原位画作业，倒是一反常态地蹲在地上，神态紧张，像是在打探什么。

权佑模仿她的动作，也蹲了下来。他小声问："你在看什么？"

本来认真偷听的沈橙橙被权佑的突如其来给吓到了。她惊呼着，一边掩着心口一边惊惶未定："没什么，只是突然看到了熟人。"

"不过去打个招呼？"权佑问。

"你看那个女生，她叫冯安妮"。沈橙橙指了指冯安妮，"她就是我之前跟你说过的，和夏颜一直关系很差的人。那位男子，是夏颜的前男友，连恒。"

"难道夏颜的前男友为了报复她，和她的仇人在一起了？"权佑暗自推测。

"这个……我觉得不太可能。"沈橙橙回答道。

"为什么？"

"因为……"说到这里，沈橙橙有些难以启齿般地停顿了一阵，她轻轻喘了口气，这才说："因为，冯安妮和我的前男友在一起了。"

听到这话，权佑也不知该作何回答。他长吁一口气，说："那边的水烧开了，我去给他们上水，顺便窃听一下两人在说什么。"

听了权佑的话，沈橙橙诧异地睁大了眼睛，一脸不可思议地看向权佑。放在以往，权佑哪里会做这样的事情，今日他居然还特地表态，愿意去偷听。

沈橙橙一脸崇敬地看着权佑，权佑被她看得心里发毛，忍不住搓了搓胳膊。他暗想，自己可能做了个错误的决定。

沈橙橙好似看穿了他的心思，立即说："你不许反悔，说了就要做到。"

"把无耻的事情讲得如此理直气壮，恐怕也只有你一人了吧？"说着，权佑拍了拍沈橙橙的脑袋，起身离开了。

沈橙橙安心地绕回了自己的座位，她努力按捺住自己的好奇，等着权佑给她带来消息。

没过一阵，权佑回来了。他唇边带笑，像是发生了什么好事。沈橙橙压低声音，问："怎么了？"

"没怎么，只是觉得那个叫连恒的男子实在嘴毒，冯安妮被气到几次，又不敢翻脸离开。"权佑说。

"那他们说了什么？"沈橙橙好奇地追问。

"没什么，冯安妮一直追问连恒，问他想不想知道夏颜的近况。每次遇到这个问题，连恒都不说话。"

话音刚落，墙外便传来了一阵争吵声。沈橙橙听得出，是连恒的声音。

这下连偷听都不用了，他的声音大到整个茶室都听得清楚。他吼到："别拿那点儿破事威胁我，我跟乔意可不一样，我没他那么绅士风度。你把我惹烦了，管你是男是女，我都会把你揍一顿，你信不信？"

不用冯安妮信，连身为旁观者的沈橙橙都信了。他的声音里藏着的全是不容置疑，听起来实在恐怖。

沈橙橙暗想，当年和夏颜在一起的连恒，不是这样的。那时的连恒虽然脾气不好，但整个人还算温和。而现在的他，仿佛不受任何人的约束，暴戾中还藏着一份偏执。

想到这里，她莫名地有些伤感起来。

就在她还在胡思乱想时，茶室的门被连恒重重摔上了。那一声巨响，贯穿到每个人的心底。

权佑忍不住抱怨："这人实在粗鲁。"

"对不起，他以前不是这样的。"沈橙橙说。

"对不起？"权佑好笑地看了她一眼，"又不是你的错，你干嘛要道歉。"

沈橙橙一笑，没有解释什么。不知为何，即使连恒不再是夏颜的男朋友，沈橙橙也对他抱有一份好感。那种东西是说不清道不明的，即使她有心想要给权佑解释，也解释不了。

这时，墙那边传来冯安妮的声音："老板，买单。"

权佑摇了摇头："简直就是在浪费茶叶。"

沈橙橙"噗嗤"一下笑了，心下暗暗感慨。权佑确实喜欢茶，要是有人浪费，他的心疼溢于言表。开门做生意，什么人都会遇上。心疼归心疼，面子上不会表露出来。虽然，他抱怨了一句，但还是老实起身，换上了笑脸迎人。

这时，沈橙橙忍不住低头看了看摊了满桌子的画稿，心下怅然。

其实，大人总说"你们踏入社会就知道"，很多事情，他们明明现在就知道：将老师替换成上级，将同学替换成同事，将班级替换成部门，将学校替换成公司，将作业替换成工作……

很多东西，都是一样的。

从出生开始，所有人都在模拟演练生活的全貌。童年和学校并不是天堂，将其美化的人，想来也算幼稚。所谓"大人"，有时成长的只是年龄，并不是心智。

并没有什么事情是长大以后才知道的，所有的事，都是经历之后才知道。而很多经历，并不是大人专享的。

想到这里，沈橙橙终于明白为什么夏颜总说她天真了。她的爱啊恨啊，都太分明，让人一眼就能看清。天真是没吃过亏，没被什么人为难过，所以，才敢把想法摆在脸上。

那时候，她不服气，说自己明明被乔意可亏过不少次。夏颜一语中的："他欺负你，哪算是真的欺负啊。"

她对乔意可的感情就这么长年累月爱恨交织着，一会儿恨他，一会儿想他，一会儿怕他忘了自己，一会儿又期待他把自己忘了。

人总是三心二意，没办法一心一意地去恨，也没办法全神贯注地去爱。这些感情太费神智了，用得多了，就什么也没剩给自己了。

正在沈橙橙快要忘记乔意可的时候，林唯一出现了，林唯一出现还不够；乔意可居然也回来了。冯安妮阴魂不散，和连恒扯在一起，夏颜心意不明，也不知是否还在记挂连恒……

果然是乱成一锅粥。

那天，从茶室回去之后，沈橙橙想了又想，最终，还是没给夏颜提起遇见连恒的事情。为什么不说，她自己也搞不清楚。也许是不想徒惹争端，也许是觉得自己的事情已经够乱了，就不要再掺和别人的事情了。

周一，沈橙橙重返学校。刚走到教室门口，便看到不少人围在那里。她好奇地伸着脑袋，哪知每个看向她的人都一脸同情。

她疑惑地问："你们在干嘛？"

室友挤出人群，将她拉到一边，遗憾地对她说："橙橙，我跟你说个消息，你别哭啊。"

"什么消息我就要哭了？"沈橙橙不解地问。

"昨天我们教室进了小偷，你的版画作业放在了最靠门的位置。小偷进来砸门的时候把你的画敲坏了。"室友说。

听到这话，沈橙橙真的想哭。谁不知道版画老师是全校第一严格，她才不管什么风吹雨打还是遭受雷劈，时间一到就要交作业。

她还听过曾经有学姐在赶作业的时候阑尾炎发作，送进手术台前仍旧手握画笔，兢兢业业赶作业。

太多妖魔传说让沈橙橙觉得胆战心惊，现在面对着已经成了一地碎屑的作业，她真的是欲哭无泪。

好在同学都算不错，班长还主动上前说："要不然这样吧，我找辅导员说说，让他给任课老师谈谈，让你晚点再交作业，这天灾人祸，又不是你的错。"

旁边的同学纷纷附和，说："要是老师怪你，我们都会给你作证的，你放心。二十来号人还是说得过一个人的。"

如此仗义的安慰，奇迹般地抚平了沈橙橙的慌乱。她憋回了几欲夺眶而出的眼泪，说："那谢谢你们了。"

第五章

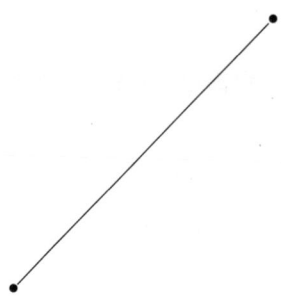

我已为你着凉

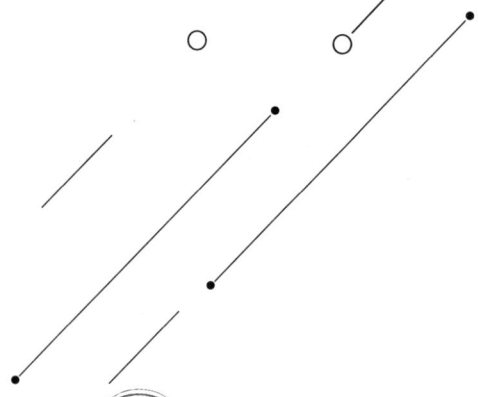

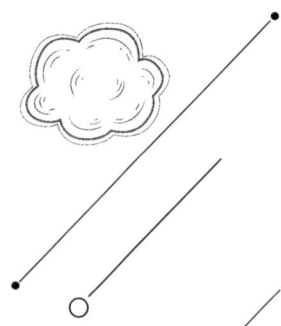

沈橙橙摒开了同学，独自开始收拾起一地的碎屑。收拾完后，她去洗手间用冷水洗了把脸，最后迈着沉重的步子，走上了顶楼天台。

很多人心情不好时喜欢买东西和吃东西，而她喜欢登高望远。站得远了，视野宽旷，才会发现很多烦恼都是自找。

她推开天台大门，站在边缘处，牢牢扶住围栏，深深叹气。

哪知没站一会儿，就听到身后传来一声几乎肝胆俱裂的惊叫。她一回头，便看到了林唯一的脸。

即使距离遥远，她也看到了林唯一惊讶过度的神情。她从未见过他露出如此的表情。

林唯一头发蓬乱，衣襟敞开，手上还拧着外套，外套的袖子都拖在了地上。他大口大口地喘着粗气，但那双眼睛，一直紧紧地盯着她。

沈橙橙不解其意，她刚走到林唯一的身边，便被他狠狠抓住。他口气严厉地问道："你站在那里要干嘛，你是不是想不开？"

听到这话，沈橙橙一脸莫名。她看着林唯一说："我……我就是心情不好站在这里吹吹风啊，我为什么要想不开？"

林唯一看着她，再三确认她不是说谎之后，这才重重叹气："吓死我了。"

沈橙橙本来心情郁结，哪知被林唯一这样一搅合，居然莫名放松了下来。她"噗嗤"一下笑了，笑过之后，又有些疑惑。林唯一怎么知道她在哪儿，他今天为什么又突然赶了过来？

"你怎么来了？"她问。

这时，林唯一才知道不好意思。他连忙松开她的手，背过身去整理了一下头发，又把衣服披在身上，这才转过身来说："我今天回来，一下飞机就过来了。刚刚去你们画室没找到你，你室友跟我说你可能在楼顶。"

"我心情不好就会上来看看，很多人都知道的。"沈橙橙说。

"但你朋友也说，你的作业被毁了，还说那门课老师要求严格。我……"

说到这里，林唯一轻拍了下额头，说："是我突然犯傻了。"

沈橙橙反倒笑了，她踮起脚，又伸手在林唯一的额头上轻点了一下，小声说："傻不傻啊。"

她的口气宛如蜜糖，林唯一分明知道他是来安慰她的，却不自觉陷入了她的温柔中。此时，看到她的笑脸，林唯一终于明白，为何当年乔意会对沈橙橙割舍不下。她确实有种说不出的治愈力，连微笑都是一份无言的守候。

想到这里，林唯一突然问道："对了，你的作业要几天画完？"

沈橙橙愣了一下："全天都画，大概三五天内能搞定吧。"

"这个周五到周日你有空吗？"林唯一说。

"干嘛？"沈橙橙很疑惑。

"在画室时听你的同学说老师很严，还有几个同学说应该可以帮你请求老师缓几天再交作业。所以，我刚刚在想，带你去一个地方画画。"林唯一说。

听到此话，沈橙橙有些感动，她看着林唯一的眸子，他的眼睛里满满的都是认真。

林唯一，是真的很为她着想啊。

放在以前，沈橙橙打死不会想到，林唯一会陪她一起画作业。

好在版画老师也没那么无情，只说在下周五前把作业交上就好。沈橙橙心中的石头终于落下。

周五，下课后，林唯一拿着沈橙橙的画具，便带着她直奔市郊，那里有一家新开的酒店，亭台楼阁小桥流水，仿佛是把江南景色给复制过来了。

沈橙橙在庭院里看呆了，林唯一轻轻推她的肩膀，她这才反应过来。林唯一一脸笑意，还有毫不掩饰的得意之情。他对沈橙橙说："第一次来的时候我就在想，要是你看到了肯定很喜欢。"

"你怎么知道我喜欢这样的景致？"

问出口时，沈橙橙的心还"扑腾，扑腾"地直跳。

她喜欢江南景致，那边的小镇更是一去再去，玩了不知道多少次了。但是，这种小事，怎么会被林唯一知道？

林唯一笑了笑，并不作答。她还要追问，却被林唯一猛拍了一下肩头："你还画不画作业了，哪来这么多问题？"

被拍得左肩酸痛的沈橙橙狠狠瞪他，龇牙咧嘴的表情像只发狠的小老虎。林唯一想笑，偏又没笑出声。他很自然地伸出手来，拽着沈橙橙的袖子，说："等你画完了我再告诉你。"

两人从小径中走到了那栋楼前。真的是一栋楼，像四合院一般。小院中有竹，即使是现在这么冷的温度，竹子也未见凋零之意。而且此处布置得很像和风院落，但又多了一丝中国风的雅致，实在是精妙。

而且建筑很好地融合在景致里，幽幽的灯光暖意融融，像是穿越回了一百多年似的。

能把酒店做成这样，实在是很费心思啊。

沈橙橙忍不住吸气："这到底是什么地方啊。"

林唯一刷开大门，走了进去，又回头对沈橙橙说："别担心，不要钱的。"

沈橙橙听得好笑，忍不住说："林唯一，你几时要我出钱我才该担心。"

她说的是实话，每次和林唯一出去，沈橙橙的钱包根本没机会出场，若是她一定要付钱，林唯一顶多让她买瓶矿泉水。

林唯一只是笑。他不急于说什么，只是反问沈橙橙："你说，女孩子在和男生出门前要做哪些准备工作？搭配衣衫鞋包，要洗头洗澡，临出门前还要化好妆。要是更讲究的，前一天甚至还要去美容院做一次美容。难道这些成本和心意，就不算钱吗？"

她被林唯一的反问问得哑口无言。虽然，她深知林唯一聪明稳重，但他的心思竟然细腻到如此地步，也算是少见了。

林唯一将站在院子里的沈橙橙带到室内，又说："要是有些女生出门时穿高跟鞋，男生又要求去公园走走，那真是天下第一折磨。可女生很少抱怨这些，男生便以为这些不是事情，反而为一些显而易见的付出计较起来。什么一顿饭多少钱，一条项链多少钱。说实话，谁还付不起一顿饭？"

太多人以为给钱便是付出，久而久之就忘了其实很多事情都算是付出。一通电话、几字简讯、一笺手写小诗、一道亲手做的菜……

肯花心思的，都叫付出。

肯赴邀约的女生一定会花心思打扮自己。那些心思，便代表了一份无形的重视。她们明明可以花这些时间去一个人吃饭、喝茶，看电影，却偏偏非要花掉三四顿饭钱的价格去买一条裙子，只为能让男伴在约会时夸她一句，"你真漂亮"。

漂亮是有代价的。人都喜爱漂亮的事物，但有能力为其买单的却很少。现在人都很现实，不能兑现，就不算价值。

想到这些，沈橙橙便更加觉得，说出那番话的林唯一值得珍惜。

虽然，天气很冷，但林唯一的话涤荡在沈橙橙的心口，让她觉得暖意融融。

走进室内，沈橙橙发现屋里也是别有洞天。像这样的屋子，大多数人会选择奢华的装修，而这间酒店不同，它的室内装修很古朴，家具也是仿明代样式，看起来还有一丝拙气，天真得紧。

环顾四周，沈橙橙突然问道："这间屋子没有电视。"

林唯一赞许地点了点头："对啊，当初设计理念就是把这里当作一个桃源，不需要电视也不需要网络，完完全全放松下来。不过，如果非要电视也可以，服务员可以送过来。"

"挺别致的。"沈橙橙点了点头。

"你喜欢就好。"说着，林唯一重重将自己摔到床上，忽而又指了指楼上说："你要是困了可以上楼睡觉，那边我特地要人整理出来了，方便你摆开架势画画。"

沈橙橙看了他一眼，又转过脑袋问："为什么我画画的地方要对着你的床？"

听到她的话，林唯一哈哈一笑："被你发现了。"

"你是故意的？"沈橙橙问。

"对啊，我就随时随地都看着你。"林唯一翻过身来，撑着下巴看着她。他的眼神熠熠生辉，像是蜜糖一般。说这话时，林唯一姿态随意，口气认真。沈橙橙不禁红了脸，背过身去，"我不跟你说了，我要开始画了"。

她选好图样，重新开始打草稿，开始挑战一幅她本来不打算画得画。原本不想画，是因为图样样式太过复杂，她怕在规定的时间里无法完成。现在已经过了规定时间，既然老师对她宽容，她就拿出自己的最高水平，完成这幅画作就好。

一时间，她忍不住偷偷回望那个躺在床上的人。哪知林唯一好似心有灵犀，他的目光也随即转过来，两人撞了个正着。林唯一捧着手机冲她一笑，一口白牙显露得淋漓尽致。沈橙橙马上回头假装认真画画。

能够掩饰的，是沈橙橙偷看林唯一的意图；但是，她难以掩饰的，是自己怦然而动的心跳。

乱了，全部乱套了，曾经是偷偷仰慕的情感，现在已经什么都分辨不出来了。

她一边按捺着乱七八糟的感情，一边画画，身后的林唯一从包里拿出一本小说细细赏读。室内一片寂静，好似无人一般。

林唯一偶尔抬头看看沈橙橙，心里好似被糖浆充盈，甜得不可方物。

他一直都觉得，最好的爱情就是两个人彼此做个伴。不要束缚，不要缠绕，不要占有，不要渴望从对方身上挖掘到什么意义，那是注定要落空的事情。而应该是，两人一起，并排站在一起，看看这个人间。

而现在，他看到沈橙橙，突然明白这段话并非无中生有。在没遇到对的人之前，所有真理看起来都很荒诞。而一旦遇到了那个人，多么荒谬的事，也能理所当然地接受。

他趴在床上，用书遮住自己的双眼。有时，又忍不住偷偷挪开书，悄悄看上她一眼。

片刻间，林唯一突然明白什么叫作幸福了。

天色彻底暗下去，林唯一的眼睛有些发酸。他捡过扔在床头的手机一看，居然已经夜里十点了。他们下午五点来的，沈橙橙竟这样如石像一般坐在画前整整五个小时了。

林唯一觉得佩服又好笑，这样的专注力简直可怕。

"沈橙橙，沈橙橙，你饿不饿？"林唯一喊了两声。

沈橙橙没有搭理他。

林唯一笑了笑，从床上爬了起来，走到沈橙橙的身边看她画画。

上次，去学校找她时也是这样，只要她开始画画，就是一种与世隔绝的姿态，仿佛什么东西都入不了她的感官，眼前只有一件事情，那就是手头上的画。

林唯一很喜欢她这种执着的精神。她画画的样子非常迷人。他试着伸出手搭在她的肩膀上，哪知她却没有丝毫反应。

"沈橙橙！"林唯一凑得很近，突然大叫。

沈橙橙被这声大叫吓得一抖，画笔重重在版面上顿了一顿，她转过身来，一脸无辜地看着林唯一："差点吓死我了。"

林唯一不以为意，只是冲她笑。笑过之后他又问："十点了，我们一下午什么都没吃，你不饿吗？"

回答他的，是沈橙橙肚子里的一声悲鸣。

林唯一"哈哈"大笑起来，沈橙橙脸色窘然。哪知没过一会儿，林唯一腹中也传来同样的回音。这次，换沈橙橙笑了。

"快，快，我们要找点吃的，实在太饿了。"沈橙橙站起身，一边推着林唯一的后背，一边四下寻找菜单藏在哪个角落。

两人找到菜单，窝在桌前，你一句我一句商量着吃些什么好。林唯一要吃蔬菜，沈橙橙吵着要吃炸鸡。

"晚上吃那么油腻不健康，应该吃点云吞面配青菜刚刚好。"林唯一解释。

"我都忙了这么久，你居然只肯给我吃两根青菜，林唯一，你虐待儿童，不让我吃炸鸡的都是大坏蛋！"沈橙橙愤然回答。

沈橙橙气得脸颊微微鼓起，林唯一"哈哈"大笑着，他难得见到她露出如此可爱的表情，现下忍不住伸手，用力在她的脸上捏了一把。

哪知沈橙橙也不甘示弱，伸出手来在他的脸上捏了一下。

他的皮肤奇好，手指摸上去只觉得细腻得不得了，简直比女生的皮肤还好。她由捏改摸，两只手直接捧上了他的脸颊。

林唯一一愣，随即反应过来。他的双手附上了沈橙橙的手，问："你现在是不是有一点点喜欢我了？"

一时间，沈橙橙被问得满脸通红。这个问题太难回答，是也不是，不是也不是。她垂着脑袋，本想挣脱林唯一的双手，哪知他握得很紧，怎么都挣脱不开。

　　林唯一的心里隐隐期待着，但沈橙橙却害羞成这样，他坦然一笑，准备松手作罢。

　　不为别的，主要是实在不舍得为难她。林唯一松开手，沈橙橙往后退了好大一步。他刚准备笑话她，哪知沈橙橙突然点了点头，声音如蚊蝇般，"嗯"了一声。

　　声音很小很小，但林唯一却听得清清楚楚。

　　他很少为了什么慌乱，现在心跳却紊乱得自己都安抚不过来。林唯一觉得好笑，明明是自己想知道的答案，到现在，却又被答案给迷乱了。

　　气氛正在旖旎，哪知两人的肚子不约而同地发出了"咕噜"声。沈橙橙捧着胃，惨兮兮地对林唯一说："你看，我们饿得都这么有默契。"

　　林唯一忍住笑，拿起菜单走到电话前拨通了餐饮部的电话，头一道就给沈橙橙点好了炸鸡。

　　吃饭的时候，林唯一不住地打量沈橙橙，看得她都快要吃不下去了。最后，她无奈放下手里的炸鸡，对林唯一说："能不这么看着我吗，我有点食不下咽。"

　　"我只是在想你为什么可以吃得这么自在。"林唯一撑着下巴，脸上露出不解的神情。

　　沈橙橙晃了晃手里的鸡肉，很坦诚地说："难道炸鸡不是拿手抓着吃的么？难道我还要用小刀和叉子把它分解掉么？那样就丧失了食物一半的美味！吃东西的时候就应该跟它坦诚相见，这样，它们的灵魂死得才是最有价值的！"

说这话时，沈橙橙仿佛宣誓一般慎重。

林唯一本想笑着说她胡扯，但看她这么一本正经，最后也只得是半信半疑地伸手拿了一只鸡腿，模仿着她吃起来。

林唯一家教很严，甚至在饭桌上遇到女性离桌都要起身。这是他那位严格的母亲教育他的，因为，母亲在英国生活了二十年，作息习惯，已经从苛刻变成了习惯。

小到睡姿大到餐桌礼仪，林唯一生活了这么多年，永远都在循规蹈矩。但就在这些日子里，他认识了沈橙橙，才知道饭也能吃得如此自在而不讲规矩，人和人的距离其实可以靠得如此的近。

"有没有觉得用手抓是一种新奇的体验，这种体验让食物都变得美味了？"沈橙橙问了他一句，带着得意洋洋的神情。

这么一本正经的胡说八道，让林唯一听得直笑。沈橙橙还在一旁追问："难道你觉得我说的不对吗？"

"对，对，对，你说得都对！"林唯一回答道。

并非对错，只是两人从小生长的环境实在相差太大。但林唯一就是被沈橙橙身上那种纯粹感吸引。可要具体说是一种什么样的感觉，大概就像是彼得潘身边的小仙女，带点可爱的野蛮。

没人规定女孩一定要什么样才可爱，千篇一律的是规则，人各有不同才组成了这个世界。也没有所谓"美的标准"，肆意缤纷，活出自我，才是最美的。

眼前的沈橙橙就是最好的例子，她的朋友同样也是。

林唯一一边慢吞吞地吃着鸡肉，一边若有所思地想着。沈橙橙已经洗完手回来了，她坐在林唯一的对面，说："你为什么连吃个饭都这么好看？"

这话不是空口无凭。林唯一不管吃什么都慢条斯理，极具美感。沈橙橙想，他的动作完美到可以拍成广告，在电视上放映，一定能让所有人食欲大增。

听到这话，林唯一连头也没抬，只是说："有吗，可能是情人眼里出西施吧。"

他兀自吃着，丝毫没有意识到自己说了什么。沈橙橙抿了下嘴唇，觉得不好意思，不过也没有反驳。她又坐了一会儿，直到林唯一吃完了之后，她这才站了起来说："我要去画画了，可能会画到很晚，不过，吃饭的时候叫我。"

说完之后，她又回到了画板前。

林唯一看着她的背影，突然想起初中时候的一件小事来。

那是一次课间休息，林唯一和朋友站在门廊处往下看，明明操场上人很多，他就是第一眼看到了身着白色羽绒服的沈橙橙。

她总是不经意闯进他的视线。昨天是今天是大概明天也是。林唯一撑着下巴站在那里看着她，沈橙橙似乎没有意识到自己走到了那里，她一个劲儿地散步，最后，终于抬头，发现自己被足球球门的球网给网住了。

隔壁篮球场的男生发出爆笑，沈橙橙摘下耳机往那个方向看了一眼。本该是尴尬的，但沈橙橙好似什么事情都没有发生一般，又重新戴上了耳机，走了出去。

相当微小的一幕，却不知不觉嵌到了林唯一的心里。不过他现在才知道，如果喜欢一个人，所有的事情都能成为理由，包括这些微不足道的记忆。

而今天，他难得和沈橙橙有单独相处的机会，可是这个时候，林唯一只想静静地看着她。看着她在那里认真地画画，就已经相当满足了。

深夜时，林唯一也不知自己倒在床上几点睡去。第二天醒来时，他发现自己好好躺在被子里，应该是睡了香甜的一觉。

他坐起身来，第一眼就看到了坐在画板前的沈橙橙。她没扎头发，青丝披了满肩。沈橙橙看了过来，微微一笑问他："睡得好吗？"

"不错，完全不知道自己什么时候睡的。"林唯一说。

沈橙橙端起一边的瓷杯喝了口水道："是我把你塞到被子里的。你看书看睡着了，口水流了一书呢！"

说着，沈橙橙夸张地比画了一下那摊口水的面积。

林唯一大窘，他连忙拾起床头的书翻了又翻，神情还有些紧张。等他翻过三五遍后，这才意识到，沈橙橙是在耍他。

这时，沈橙橙"噗嗤"一下笑道："傻不傻啊，骗你的。"

明明只是普通的微笑，却勾得他心跳不止。他一手撑着脑袋，一手捂着心口，暗自觉得糟糕至极。

为什么早先没有生出如此勇气，为什么错过了她这么多年，真是后悔至极。

看到林唯一垂下脑袋，沈橙橙以为是自己玩笑开过火了。她走上前去刚准备道歉，哪知林唯一却突然起身，一把将她抱在了怀里。

他的身上不知是擦了什么，有一股淡淡的薄荷味道，清凉好闻，居然让人不想离开。沈橙橙试探着伸出手，轻轻在林唯一的肩背上拍了拍，又问了一句："怎么了？"

"你知道么，我有时候觉得你像一只骄傲的天鹅，垂下脖颈的时候才会有投降和脆弱的意思。虽然，说这样的话你可能会打我，但是，我觉得，我很开心你遇到危难，因为那样，我就可以拯救你了。"

说出这话的林唯一，声调里有着颤抖和不确定。

沈橙橙呆在那里，她不敢置信自己能从林唯一的口里听到这样的话，一时间居然有点不知如何是好。

当林唯一对她说出第一句话时，她就有一种如坠云端的感觉。一个饿了太久的人看到丰盛大餐，第一反应不是扑上去吃，而是会率先确认——这是真的吗？

这就是沈橙橙对林唯一的感觉。

但林唯一的坚持不懈却让沈橙橙更加难以理解。她总觉得自己在一个梦里，她战战兢兢，小心翼翼，走得如履薄冰。她不知道这个梦何时会醒，所以，一直在贪恋当下的每一秒钟。对沈橙橙来说，林唯一永远跟她隔着一百步的距离，两人之间虽然看得见摸得着，但是，就是差了那么一点。

沈橙橙不敢心动，她永远都把林唯一摆在可望而不可及的地方。这样灰姑娘式的桥段，让她非常的惶恐。

灰姑娘只是因为不是皇室成员而被叫作灰姑娘，她连灰姑娘都不是，大概是童话故事里那只变成骏马的肥老鼠吧。

肥老鼠和王子的距离好远好远，跨越了种族怎么能相爱。她一度自卑地想着。

可现在，林唯一就在她身边。

沈橙橙心神恍惚，半天没出声。林唯一松开她，她还是一副无知无觉的神情。

就是这副迷迷糊糊的样子，让他觉得她可爱至极。

此时，林唯一突然起身，半跪在床上，在她额头上印下一吻。

很轻很浅，仿佛羽毛的触感轻轻搔过她的额头。那样的吻里藏着礼貌和克制，带着无法言语的深情，好多不可不说和无话可说统统深埋在这个吻中，并向外传达着。

沈橙橙有些意外，但并不抗拒这个吻。她摸了摸额头，动作天真自然。她正在疑惑，却听到了林唯一的声音。

"这一次，我什么都不会说。所谓事不过三，我决定把第三次留在万无一失的时候再说，那个时候，我希望能得到肯定的答案。"

林唯一的脸上写满了认真。

沈橙橙明白，这是在给她时间，同时也在告诉她，他不会轻易地放弃。

曾几何时，有人肯如此用心。在如今，被拒绝一次就放弃的人大有人在，沈橙橙也不是没遇到过。前一个星期又是鲜花又是早餐，把喜欢挂在嘴边当口号，沈橙橙刚说不合适，那人转头便离开了。一周后，那人牵着新女友的手大摇大摆地路过她的面前，好似示威一般。

那人嘲笑她的过于慎重，还说："恋爱不过只是玩玩而已，你看得这么认真，真的会有人喜欢吗？"

沈橙橙虽然当时不为所动，可事后她也反省过，她是不是真的不随潮流。但时下所谓流行的"快餐恋爱"，她实在吃不下。

连被乔意可无缘无故抛弃一事都能让她介怀好久，她根本不可能和一个人迅速展开一段莫名其妙的恋情。

但现在她遇到了林唯一。林唯一用行动告诉了她，有些人，是甘愿等待的。不是所有人都随随便便敷衍着对待一段感情的。

在林唯一的敦促下，沈橙橙成功交上了作业，终于将大三的期末画上了圆满的句号。

寒假，沈橙橙待在家中，隔三岔五跟夏颜、苏莫青青见面，有时陪着林唯一出门吃饭看电影。她还记挂着当初那次没有去成的马场之约。她告诉林唯一，林唯一说："开春再去吧，最近太冷了。答应你的事，我不会忘记的。"

沈橙橙点了点头，期待着来年开春。

但期待之前，总有事情会来找点麻烦。沈橙橙也觉得命运有一定的传奇性，要不然她怎么总会遇上这些荒唐事？

某天晚上，沈橙橙和爸爸沈远山正在吃着晚饭，爸爸心事重重，沈橙橙虽然早就看出来了，但爸爸不说，她也不好主动提起。她向来贴心，总觉得有时候默默陪伴大过于无意义地询问。

哪知爸爸放下碗筷，突然一脸严肃地对她说："橙橙，我有点事情想跟你商量。"

商量什么？沈橙橙并不清楚。当时桌子上的饭菜太诱人，还有奶白色泛着香气的鱼汤，她有点分了心。然后，她就听到了那个让她难以置信的消息："橙橙，爸爸要再婚了。"

再婚？简直是沈橙橙想都没有想过的词。并不是她不想爸爸有新的幸福，只是她还记得在她刚刚记事的时候，爸爸就指着妈妈的照片说："橙橙，这是我在这个世界上最爱的女人。"

那个时候，爸爸的眼神让沈橙橙难以忘怀，深沉而忧郁，就像在大雨里饱受摧残的枝叶，她甚至嗅到了摇摇欲坠的气息。

沈橙橙只在照片里见过妈妈，据爸爸说，妈妈是死于产后抑郁。在她出生后的一个月，妈妈就去世了。沈橙橙在长大之后听爸爸说过，妈妈去世的那天夜里有很大很圆的月亮，亮得让人睡不着。

其实，她并不知道为什么爸爸一定要在她小时候不停地强调未曾谋面的妈妈的美丽和温柔，这些东西对她来说过于遥远和陌生，是她未曾享有的，却从不羡慕。

即使别人说她没有妈妈，她也不觉得是什么缺憾，反倒是有人诋毁她爸爸一句，她几乎是要拼了命地跟人打上一架。

而这个时候，爸爸却说他要再婚了，完全没有一点预兆，沈橙橙根本没时间来做心理准备。

接受一件猝不及防的事情总是需要时间的。沈橙橙花了好久才回过神来，勉强地撑起了嘴角，说："好，祝您幸福。"

"为什么不是祝我们幸福？"沈远山听出了她话里的异样，反问了一句。

父女俩的相处模式并不同于一般的父女，两人平等相待，做什么都是有商有量，民主极了。所以，沈橙橙很少动怒，有些时候，甚至冷静得过于残酷。

"你的幸福就是我最大的幸福了，我说的话有错吗，爸爸？"

沈橙橙反问了一句，眼神沉寂。就像一汪不起波澜的死水，很难从中看出什么情绪。

沈远山只得作罢，另起问题："难道你不想知道对象是谁？"

"爸爸我很饿了，鱼汤凉了就腥了。"沈橙橙打岔。

说完这句之后，父女间一阵沉默。整个客厅里只有挂钟的声响，一声一声的走动显得格外清脆。不远处的窗台上洒下了清辉，就像白霜一样凝在了台面上。

"爸爸，请给我一点时间接受。如果说我现在态度不好，可能是受惊过度了。"沈橙橙轻轻地拍了拍自己的脸颊，仰头看着父亲。

听到了这句话的沈远山才放松了神经，他舒缓地笑了出来，伸手拍了拍沈橙橙的手背道："我知道我的女儿会接受的。"

说完了这句，两人便很默契地略过了这个话题，继续吃起了晚餐。

沈橙橙本以为最糟糕的事情已经过去，哪知第二天她在家里看到连恒时才意识到，其实，很多时候不是否极泰来，而是糟糕之后，还有更糟糕的事发生。

沈橙橙即刻站起身来向连恒和连恒的妈妈问好。沈远山请他们进屋坐下，沈橙橙则转去厨房准备茶水，顺便平复一下受惊过度的心脏。

这到底是怎么了？为什么熟人们总也兜不出这个圈子，大家都像困在笼子里的老鼠一样只能拼了命地转圈。本以为自己应该走得很远了，最后发现，大家还是留在原地，看到的还是同样的风景。

沈橙橙收拾好心情，端着茶水走出厨房，重新打量起两个人。

连恒的母亲保养得很好。虽然，岁月不可避免地在她脸上留下了痕迹，但是，那精致的妆容和毫不出褶的衣服看起来只能让人俯首称臣。在她的身上，看不到时光带来的苍老，只能发现岁月让她更添魅力。

"你好，橙橙，我是连未央。"她抿唇微笑，神态中有一种小女孩儿才有的娇俏。一般人摆出这样的表情可能有装嫩嫌疑，但这样的感觉放在连未央身上并不坏，倒是多了几分平易近人。

"我可以叫你橙橙吗？"连未央征询道。

"当然。"沈橙橙笑着点了点头。她自认为今天的状态好得出乎意料，礼数也算周全，而且并没有流露出之前不应该有的惊讶。

沈远山和连未央两人坐在沙发上商量着婚礼事宜，沈橙橙就在一边斟茶作陪，她这才发现，连未央并没有表面流露出来的那样强势。在大事上，她一定会跟连恒商量。口吻不像一个发号施令的母亲，而是以朋友的身份来对待自己的儿子。

　　这一点跟她的父亲很像。

　　沈橙橙突然对这位阿姨有了莫名的好感。而且她在想，连未央的名字好美，长乐未央，快乐无边。

　　连恒每次听他妈妈说话时也是一副很耐心的表情，除了进门的时候他有些惊讶之外，其他的时候，也表现得完美无缺。

　　"妈妈，剩下也没什么大事了，我可以单独和沈橙橙聊聊吗？"连恒突然发问，让坐在一边的沈橙橙有点无所适从。

　　"这个事情你应该征询沈叔叔和沈橙橙不是吗？我自然是没有意见的。"连未央笑着看着自己的儿子。

　　连恒又把目光投向沈远山道："叔叔，可以吗？"

　　"当然。"沈远山做了个请的手势，连恒便站了起来。沈橙橙虽然不知道连恒要干嘛，她还是像木偶一样跟着连恒离开。

　　谈话的地点选在了阳台，因为，沈橙橙不想让连恒进入她的房间。

　　连恒站在阳台的栏杆处，从口袋里摸出了烟，然后，周身摸索打火机，四下探去，找了半天也找不见。他叹气，有些无望地问沈橙橙："有打火机吗？"

　　哪知沈橙橙当场从口袋中摸出了一把打火机，递了过去。

　　连恒有些诧异，他接过打火机，漫不经心地问了一句："你抽烟吗，怎么随身带着打火机。"

"今天厨房的炉子点不着，我随手拿了一个，忘记放回去了。"沈橙橙耸了下肩，然后，又问："你有什么话说？"

"关于这场二婚，我没话说，只希望妈妈幸福。即使你有什么不满，当着我妈妈的面也不要表现出来，不然我会对你不客气的。我只有这个妈妈，我很爱她。"

说这话的时候，连恒表情深沉，像七八十岁的老人。

"我没有不喜欢阿姨，相反，我对她很有好感。"沈橙橙诚实作答，表情真挚。

连恒想不到她会这样直接，一时间不知道该如何接话。他刚想说点什么，却被一口烟呛住了喉咙，咳个不停。

"你担心这个？我觉得你完全弄错了方向。我觉得我不会给你好脸色看才是真的。"沈橙橙虽然语言上有所保留，但她相信对方还是能够理解她的意思。

"那无所谓，我不介意。"连恒说。

听到这话，沈橙橙恨不得笑出声来。不知该说这人是过于自信还是有点讨厌，居然就这么直接地说出来。

好在他又补充了一句："你讨厌我，是因为夏颜？"

"是。"沈橙橙点了点头。

"我和她早就没什么关系了。从分开的那一天就没关系了。"

他抽了口烟，连眉毛都没动一下，仿佛是在叙述一件和他无关的事情。连恒平实的五官里透露出一种漫不经心，让沈橙橙有些恍惚。她并不相信这是那天在"桥之中"里遇到的连恒。

但现在看来，沈橙橙突然有些醒悟了。她曾经劝了很多次夏颜，嘴里说出来的从来都是安慰的句子："可能连恒只是没办法面对他误会了你呢？"

"说不定他的心里一直在想着你，只是一直不敢打电话而已。"

"你的等待肯定是有用的，你看他以前那么喜欢你。"

而事实证明，那些看起来温暖人心的话都是臆断的谎言，就像甜如蜜糖的毒药一般让人甘之如饴，但入喉之后，生不如死。

可能是见她愣了许久，连恒又说："我和她性格不合。"

性格不合，多好的理由。沈橙橙嗤笑一声。

当初连恒很果断地说分手，夏颜第一次哭得完全不要形象了。她甚至冒着大雨在连恒的寝室楼下站着。那是初冬，不比夏天，冷冷的雨到底有多冷，大概只有夏颜自己才能明白。即使是这样，她还是不屈不挠地站着。从下午站到了晚上，从人少站到了人多。

夏颜站了好几个小时，连恒才从楼上下来。夏颜低声下气地对连恒说："我有什么不好，我一定改；你需要时间考虑，我可以等。"

沈橙橙妄自揣测，连恒对夏颜说那句话的时候肯定和现在的表情一样冷酷。

他对夏颜说："那你等吧。"

沈橙橙看着他，不知该说点什么。倒是连恒主动开口："不过你如果为了夏颜给我臭脸，我也不介意，毕竟这是你们女生特有的权利，爱给别人扣上连坐之罪。"

连恒说这句话的时候表情调皮，就像是在对着熟人开玩笑一般。

沈橙橙轻笑了一声道："你都已经先给我定罪了，我怎么好不坐实这个名头。我就是爱实施连坐的暴君，我一定会摆臭脸的。"

此话一出，两个人之间的气氛居然奇迹般松弛了下来。之前的剑拔弩张像是幻觉，现在站在这里的两人才符合"新晋兄妹"的身份。

不亲不疏，不远不近。

正好，连恒那支烟也抽完，他捻熄了烟头，抖了抖身上因为风而带来的烟灰。然后，看向沈橙橙："我们进去吧，时间够长了，他们也应该商量完了。"

这时，沈橙橙忍不住问出了一个疑惑很久的问题。她对连恒说："阿姨是什么时候告诉你，她和我爸爸要结婚的？"

连恒说："在她和叔叔开始来往的时候，她就跟我说了。叔叔呢，什么时候跟你说的？"

"昨天晚上。"沈橙橙撇了下嘴。

其实，这时沈橙橙最初的怨气已经消失殆尽。她这才意识到为什么沈远山是她爸爸，因为，两个人总会在最后关头才告诉对方某些关于自己的决定，让对方不能接受也得接受了。

连恒神情意外地挑了下眉，冲她比了个大拇指。

两个大人最后决定，不举办婚礼。这跟差不差钱没关系，两个人的事情，只用跟亲朋有个交代就好，不需要广而告之。

其实，沈橙橙也不太懂，像连未央这样优秀的女人，挑谁都可以，为什么偏偏挑上自己的爸爸。

针对这个问题，她在吃完晚饭后找了个时机问了连未央，连未央很惊异于她的主动，但更多的还是意外。

她说："听远山说，你对我们的婚姻有些抗拒。"

连未央这样的口气很随和，话语间，没有把沈橙橙当小孩子。沈橙橙摇了摇头道："我没有抗拒，只是我还没有反应过来。听连恒说，您一早就告诉他你和我爸爸在来往，但是，我爸爸却在昨天才告诉我你们要结婚的。"

"其实，远山甚至还想过，希望由我告诉你这个消息。我对他说，这个做法只能让你更抵触我，因为，你可能会想，'为什么要由一个外人告诉我这个消息？'"

她说到这里时，沈橙橙不禁附和地点了点头，连未央也点了点头道："所以，我告诉他，无论如何，也得由你亲口将这个消息告诉你的女儿。不过我没想到他会拖延到现在，我明明在很久前就要他告诉你的。"

沈橙橙笑了一下道："我爸爸有时候就是这样，特别不勇敢。"

"可能是面对至亲，更不好意思。不过当我面对我儿子时还好。可能是因为连恒比我更像大人，他有时候理智过头了，会显得特别不可爱。"

说到连恒的时候，连未央眉飞色舞。两个人说了很多，甚至连未央在临走之前还跟沈橙橙约定说："下次我把连恒小时候的照片拿过来。"

她挤眉弄眼时流露出一种小孩子的模样，而连恒只能站在一边无奈地说："妈，走啦。"

不过这个晚上让沈橙橙印象最深的不仅仅是连未央这个人，更是她说的一句话，让沈橙橙彻底地安下心来。

沈橙橙问："你怎么会选择我爸爸，明明你有更多的选择。"

连未央笑着说："这是夸奖吗？我真的很受用。不过说实在的，等你到了我这个年纪，就知道为什么了。失去过的人，才更懂得珍惜。"

这句话让沈橙橙记忆犹新，而且她这个时候才意识到，连未央是个多么睿智的女人。所以，等他们离开之后，沈橙橙才走到爸爸面前，很慎重地说："爸爸，我支持你的决定。"

沈橙橙鲜见爸爸的神情凝重，但是，这一次，她看到爸爸红了眼眶。

第六章

一往情深
才是易碎品

但这个消息，让沈橙橙不知该如何向夏颜坦白，尤其是连恒那种无关紧要的样子。若是一直纠结，让她觉得是自己太小题大做了。

想来想去，她决定向林唯一求助，如何婉转又自然地向夏颜说出这件事。

其实，在沈橙橙的脑子里冒出"林唯一"这三个字时，她便明白了自己的心。曾几何时，在遭遇难题的时候，她会第一个想到他的名字。若不是因为满心依赖，又怎么可能只想到他？

她打电话给林唯一，电话接通后，林唯一可能刚刚睡醒，声音里还带着懒洋洋的鼻音。

"林唯一，你今天忙吗？"她问。

"你有事我就不忙。"林唯一说。

"那好，我们下午三点半在'桥之中'见，可以吗？"她说。

林唯一停顿了一会儿，好像在思索什么。片刻后又突然说："这样吧，我下午想在家里烤点东西吃，你来我家吧？"

听到这话，沈橙橙差点咬到舌头。她哽了一下，问："你家？"

"不敢来啊？"林唯一挑衅道。

沈橙橙沉默一会，她摸了摸自己的脸颊，有些发热。

"看样子是真不敢来，那算了，你可能没什么口福了，胆小鬼。"

林唯一又说。

明知林唯一是在激她，沈橙橙偏偏着了道。她咬着嘴唇，在电话这边不服气地呛声："那你发来地址，我下午就出现在你家门口，让你爸妈见见我。"

听了她的话，林唯一失笑道："不巧了，我父母都忙，今日不在家。"

两人闲扯了一阵，挂电话时，林唯一报上了他家的地址。沈橙橙听完后有些惊诧道："我没搬家之前就住那边！"

"是啊，所以以前在冬天的时候，我老见你穿着一身蓝色的睡衣跑出来买早餐。我想，是天蓝色的，上面还有大朵大朵的花。"林唯一说。

沈橙橙在电话那边彻底愣住了，她摸了摸自己身上的蓝色睡衣，都不知把手该放在哪里。

连这样的自己，他都看到了？她幽幽地想。

"我……我一会儿来，晚点见！"

迅速挂断电话后，沈橙橙掩着心口，看着自己身上的衣服，连表情都不知道该怎么做。

她确实还记得那些个冬天。她穿着睡衣，跑去包子铺买上两屉刚刚出炉的小笼包，又转去街角买好豆浆。有时会排队买面，有时会买煎包。她想反正只是买个早餐，穿睡衣出门也没什么，哪知却被林唯一尽收眼底。

她几乎不敢想他是如何打量她的，并且还窘得她不知道该如何回忆了。

该哭还是该笑，这种小概率的事情都发生在他俩身上，太巧了。

下午，沈橙橙到了林唯一所在的小区门口。刚走几步，林唯一便走出来了。

说来也怪，两人之间似乎存在着某种默契。就像此时，她甚至都没来得及给他打电话，他就已经来了。

林唯一披了件军大衣，脚上随便踩了双雪地靴，以往全部梳到后面的刘海也放了下来，和平日简直大相径庭。

而沈橙橙傻乎乎地绕着林唯一转了一圈，好奇地摸了摸他的衣服。她的眼睛里亮闪闪的，纯真又可爱，看起来真像一只小奶狗。

林唯一一伸手，轻轻在她脸上掐了一把道："跟小狗似的，傻乎乎。"

"我哪有！"沈橙橙抗议。

抗议无效，林唯一轻推了一把她的后腰道："走走，外面好冷，去我家里。我刚烤了蛋挞，再过几分钟应该就好了。"

说话时，林唯一微微垂下脑袋，语气中未见任何亲昵。沈橙橙看着他，心里生出了一种类似"家"的感觉。

而那种温暖仿佛燎原的火种，从内心深处慢慢蔓延到全身。沈橙橙忍不住低下头，不敢直视林唯一的眼睛。她怕多看一眼，就会忍不住沉沦其间。

刚进到林唯一家中，沈橙橙便被扑面而来的暖气蒸红了脸。她立即脱了羽绒服。

不过脱了羽绒服还是热。她暗自想着，"这人是要在家里蒸桑拿啊？"

而林唯一比她洒脱，进屋便脱了军大衣。沈橙橙看他里面只穿着一件短袖，裤子也是薄薄的一条灰色运动裤。鞋子就不说，他干脆就穿着居家袜子踩在地板上。

看到他的动作，沈橙橙明白了，这种穿法确实需要这种温度。

好在林唯一体贴，他拿了一件自己的短袖过来，递给她道："去换一下吧，看你跟进了桑拿房似的。"

林唯一一脸的理直气壮，让沈橙橙无言以对。

她换好衣服，走到楼下，便闻到了一股淡淡的奶香。她寻着香味找去，径直摸到了厨房。

只见林唯一戴着手套将托盘从烤箱中拿出，蛋挞个个饱满，颜色澄黄，香味四溢。她刚一伸手，就被林唯一狠狠拍开："刚出炉，很烫的，晚点再吃。"

沈橙橙瘪了下嘴，讪讪缩回了手。

林唯一打开柜门，拿出了描花瓷器，小心翼翼地将它们一一摆放上去。

这边刚刚摆好，那厢水也正好烧开。沈橙橙看到林唯一将茶叶用小木勺拨入绿色的茶壶中，又戴上手套将玄铁壶里的水慢慢注入茶壶中。

她站在一旁，只觉得这一切都如诗如画。甚至连呼吸时候，她都小心翼翼的，生怕惊扰了画中人。

林唯一把甜品端上桌，又从冰箱中拿出两只圆滚滚的透明茶杯，里面盛着乳酪一样的东西。她好奇地问："这是什么啊？"

"奶冻，我自己做的，你先吃点。"林唯一说。

说着，林唯一递来小勺，沈橙橙尝了一口，轻甜的奶冻温柔地融化开来，那样细腻润泽的口感，实在是让人倍感幸福。

林唯一问：“好吃吗？”

沈橙橙点了点头，舀了一勺递过去：“超级好吃。”

哪知这时，林唯一突然低下脑袋，吻住了她的嘴唇。再抬头的时候，林唯一咂了咂嘴，笑得一脸天真道：“嗯，确实很好吃。”

那天，沈橙橙根本不记得自己本来的目的。她被林唯一吻过之后，整个人就已经丧失了思考能力。她晕晕乎乎地吃完甜食，然后，一杯又一杯地喝了好多茶，最后，被林唯一送回了家。

她记得甜食很甜，被林唯一牵住的手很暖。但这一切都敌不过林唯一的那个吻。

那个吻分明只是浅尝辄止，却让她每每触及嘴唇时，都忍不住傻笑。这个时候，她终于确认，她对林唯一的感觉是纯粹的喜欢。

再也不会逃避，再也不怕被抛弃。他一而再再而三的耐心和爱给了她面对未知的勇气。

想到这里，沈橙橙也不管现在几时几分，林唯一是睡觉还是在吃饭。她从床上刨出手机，拿出生平最大的勇敢，给林唯一拨通了电话。

电话响过几声，被人接起。沈橙橙生怕自己反悔，立即对着电话里大声吼道：“林唯一我喜欢你，我们在一起吧！”

电话那边一阵停顿，沈橙橙感觉自己的心脏已经快要跳到喉头。她紧张地死死揪住被单，哪知那边突然发声：“沈橙橙，我是乔意可。”

最后三个字如雷轰顶，让沈橙橙只觉得头顶有乌鸦盘旋。她牙齿打颤，一瞬间差点咬到舌头。平复了半天，她才找回了自己的语言功能。

“为……为什么是你？”她尴尬得几乎要哭出来，但她还要佯装镇定，继续寒暄。

这感觉真是糟糕透了，她觉得天底下没几件这样的奇事。打电话给男神表白，结果被前男友接到了电话。

实在荒唐。

"这不是节日吗，走亲访友很正常吧？哦对，我忘了告诉你了，我和林唯一是发小，我爸和他爸是战友。"乔意可说。

听到这话，沈橙橙愣了一阵。不知为什么，她总觉得乔意可的口气里带着不怀好意。

她对乔意可很熟悉，不管是行事风格还是说话的语气。那种熟悉就像是太监对主子的揣摩，长久下来养成的一种本能。

但奇怪的是，乔意可没有后话，说完这句后，他就挂了电话，只留沈橙橙一人听忙音。

生平第一次对人表白就闹出了如此的乌龙，沈橙橙盯着手机，暗叹自己果然是运气不好。而且她敢打赌，乔意可一定不会将此事告诉林唯一的。刚刚用尽全身力气的表白，只怕是竹篮打水一场空。她失落地想。

算了，过几天再说吧。她又安慰自己。

她狠狠地将自己摔到床上，恨不得用抱枕闷死不中用的自己。

本着过年应该还能见的想法，沈橙橙并不急着一时找到林唯一。哪知这个年她实在过得忙，连一分一秒都没有多余的空闲。

沈远山要和连未央结婚，两拨亲戚那边都需要交代。沈远山带着沈橙橙走遍了连家的亲戚，相对的，连未央和连恒也走过了沈家的亲戚。这样一来二去，总算是把事情给定下来了。但沈橙橙和连恒两人感觉很无辜，他们跟着大人到处乱走，虽然，不是主角，但也是不可或缺的角色。

于是，就这样，沈橙橙被拖累了很多天。等她再联系上林唯一时，他告诉沈橙橙他不在本市，可能一周后才回来。

听到这话，沈橙橙暗自想着，可能自己这告白的话是说不出去了。所谓"一鼓作气，再而衰，三而竭"，她可能已经耗干了所有的勇气。

老天爷这是在耍着她玩儿呢？

抱着遗憾，沈橙橙终于迎来了自己的实习。第一天去报到，前台满脸堆笑地把她引荐到设计部部长那里去了，那位部长姓陈，陈部长年纪也不大，看上去大约三十岁左右，一张微胖的脸上堆满了笑意。

这样的笑容看得沈橙橙心里发毛，生怕哪个角落里跳出一个夏颜或者是乔意可。

这表姐弟她同样不敢面对。夏颜是因为与连恒有关系，与乔意可是因为表错情的关系。她暗自想着，自己好像走哪儿都欠着这两人似的。

第一天上班她没什么任务，就是熟悉环境，吃饭的时候，有人主动问她要不要帮忙订餐，她连连点头，满口说着"谢谢"。

下午，设计部部长将她带到一个女人面前，并指着那个女人说："这个就是带你的人，她叫李果。"

沈橙橙连忙问好，李果上上下下打量了她一阵，嘴边的微笑看着有点含义颇多。

第二天上班，工作正式开始。设计部要为某公司制作整套的企业形象系统，首先要定下的便是产品的 LOGO.

沈橙橙本以为自己还需要几天才会有工作，一开始只是端茶倒水做做清洁什么的。哪知她早上一到，李果便把她给叫了过去。

"橙橙，你之前在学校里做过成套的 VI 吗？"李果问。

"做过，我有成品作业，李姐要过目吗？"沈橙橙说。

"素材什么你都有？"李果又问。

"都很全。"她回答。

虽然，沈橙橙在生活上丢三落四，甚至是有点傻。但她对学习还是很上心的。平日里有事没事准备一些素材，倒也积攒了不少东西。

"那挺好，你打包给我发过来，我看能不能用。"李果说。

沈橙橙点了点头，麻利地回到自己的座位上。她打开电脑，点开文档的时候，却看到了一个文件夹。她点开一看，居然是很久前，自己偷拍的林唯一的照片。

若不是要找资料，她估摸着自己八百年都不会点开这个文件夹。

她点开照片，林唯一戴着鸭舌帽站在车站前的样子便跃然而出。那时候的他还是高中生，面目清俊，整个人很瘦，站在那里像是旗杆一般笔挺。她总是悄悄跟在林唯一的身后上同一班车，坐两站后，下车再转另一趟车，然后，才回到自己家里。

想到这，她暗自感慨，忍不住怀念起那段时光来。

这时，对面桌有人轻声咳嗽，打断了她的回忆。她连忙关了照片，开始做自己的事情。

好在文件夹中的素材不少，她分门别类地做好新文档，接着又重新标注了一番，这才打包压缩传送给李果。

哪知不到十分钟，聊天对话框里便传来了消息："不太行，你重新再找，这个不符合要求。"

沈橙橙手下一顿，她敲响按键问道："请问标准是？"

这时，李果被部长叫走。她路过沈橙橙的座位时还敲了敲桌面，说："继续找。"

首战告败，但沈橙橙并不气馁。快到下班时候，她把素材再次打包传给了李果。

对方似乎也没想到她会传来快一个 G 的文件，还没接收完毕，李果便给她发消息："可以了，我觉得早上你的那些素材里应该有能用的。"

看到这话，沈橙橙突然意识到，李果有可能是在刁难她。

只是李果为何有心刁难她？沈橙橙并不明白。她认为，把事情做到极致，再多的刁难，也不算什么。

下班后，沈橙橙留了下来。她将办公室整个打扫了一遍，又仔细检查过电源后，才离开。

走出办公室时，她撞上了设计部部长。部长看了她一眼问道："今天很忙吧？"

"挺忙的，不过有收获。"沈橙橙笑答。

部长本来是和她一起走到电梯口，哪知电梯刚到，部长便转了身对她说："你先走吧，我忘了还有东西没拿。"

沈橙橙应声，依言走入电梯。哪知她刚一进电梯，肩膀就被出电梯的人给撞了一下。那人还不耐烦地啧了一声。

她抬眼看去，那人正好也看了过来。两人对视，皆是一愣。

运气真好，沈橙橙在上班第二天就遇到了乔意可。虽然，夏颜在很久前就给她打过预防针，但真正看到本人时，却又是另一番滋味。

这感觉太刺激了，每天活得像是真人大冒险。沈橙橙暗想，估计没人比她过得更有滋有味了。

沈橙橙假装不认识，抬脚就往电梯里去。哪知乔意可手一伸，本来要合上的电梯门再度打开。他喊了一声："沈橙橙，出来。"

电梯里还零星站着几人，虽然是生面孔，但总有一天来来去去也会变熟。沈橙橙不想徒增流言，她转身，立刻走出了电梯。

"干嘛，看见我不乐意了？"乔意可盯着她，满脸不爽。

"没有。"沈橙橙立刻否决，并换上了笑脸，"真巧，咱们又见面了。"

说话时，她左右看了看，生怕有人走来。

乔意可看到她这副样子就来气，难道他长得挺见不得人的，每次跟他站在一起都要偷偷摸摸的？

越想越气，乔意可一把抓过沈橙橙，沈橙橙觉得莫名其妙。乔意可力气大，他直接将沈橙橙拽到了安全通道里，又走下了半层楼梯才停下。

"现在可以跟我说说话了？"他将沈橙橙抵在墙角，用一种非常暧昧的姿势卡得她无法动弹。

这里是十八楼，沈橙橙身边的窗户大开，呼啸而过的风声吹得她心惊胆战。但她不想露怯，也不想看他。她盯着自己的鞋子，木木地问："你有什么事。"

"没事就不能说话了？你是不是跟林唯一在一起了？"乔意可问。

这样老套的对话让沈橙橙不禁笑了起来，她伸手推了推乔意可道："你让开，我不会跑的。"

乔意可怎么可能肯照做，他恨不得伸手环到她的腰上才罢休。他捏着沈橙橙的手腕，决不松手。

"我目前还没跟他在一起，如果你要问的是这个的话，那我说完了。"沈橙橙说。

沈橙橙不肯看着他，让乔意可有些恼火。他捏着沈橙橙的下巴逼着她抬起头来。沈橙橙被迫仰起脸，并对上了乔意可的目光。

他眼神灼热，像是蕴藏着烈焰。

"怎么想着来这里上班？"乔意可问。

"如果我知道会遇到你，我就不会来了。"沈橙橙回答。

沈橙橙的决绝让乔意可在一瞬间有种莫名的窒息感。他哽了一下，心里蔓延出说不上来的钝痛感。可是乔意可哪里会示弱，他只是一声冷笑，便没再说话了。

"乔意可，在公司咱们就装不认识吧，这样可以免去不少麻烦。"说话时，沈橙橙三分气短。她说不出这样的意识来自何处，可能是单方面的理亏，也有可能是心虚。

她垂下目光，却赫然发现乔意可的脖子上挂着一个项链，那个熟悉的坠子，是她选的。

一瞬间，原本想要忘却的记忆全部涌现出来。

那个坠子，本是一对。另一个，在她的手上。那个坠子的造型是个几何形状，看不出来任何意义。当初就是喜欢这样的造型，所以，她才随手买下，它正好又是个情侣坠子，便和乔意可一人一只了。

沈橙橙献宝一样递到乔意可的手上。乔意可一脸嫌弃，却还是戴上了。

这一戴，居然有三年光景。她以为什么都变了，眼前的人，却还是那样肆无忌惮。

本来没有什么具体意义的东西现在却随着时间的流转赋予了别样的意思。在这样狼狈的状况下，她又重新看到了它，心里不免格外唏嘘。

乔意可顺着她的目光看了下去，发现她的眼神久久凝视着那个坠子。

他叹了口气道："沈橙橙，不要继续跟我别扭下去了好不好？我们重新做回普通朋友，可以吗？"

这时，乔意可的力道松懈了下来，沈橙橙作势一甩，站到了旁边。她笑了笑说："乔意可，过去了就过去了，很多事情，都是回不了头的。"

说完之后，她便大步离开。这次她懒得坐电梯，反正楼层不高，便从安全通道走了下去。

乔意可呆呆站在原地，本想追下去，却还是停下了脚步。

虽然，乔意可偶尔会在公司出现，在沈橙橙遇到他的概率却不大。毕竟两人不在一个部门。他们一个在管理层，另一个在设计部，连楼层都隔着好几座。若不是刻意，一般不会见面。

沈橙橙自觉轻松很多，连李果偶尔的为难也没有放在心上。她的大度让李果的刁难显得尖刻。有时，部长见了都会说上两句："李果，沈橙橙只是实习生，有些东西不会很正常。"

听到这话，李果自然更气了。

几天后，公司接到一个新项目，管理层人员下来要跟几个部门一同开会。部长除了带上李果外，还顺便喊上了沈橙橙。李果皱了下眉头，说："她懂什么啊？"

这时，一个男声突然插入："不懂才要学啊。你以为都像你啊，一来什么都会。"

这声音实在熟悉，沈橙橙忍不住转过头去，恰好对上了乔意可的脸。

沈橙橙只觉得汗毛一炸，生怕乔意可泄露两人的关系。哪知乔意可目光一转，看向李果道："通知你们上去开会，别磨磨蹭蹭的，拿了东西赶紧上来。"

听到这话，一向脾气不算好的李果居然也不生气。她笑眯眯地应了一声，转头拿了东西便快步跟上了乔意可，两人有一搭没一搭地聊上了。

站在后面的部长叹了口气，对沈橙橙小声说："李果是小乔经理的学姐，两人在国外就很熟。小乔经理很欣赏李果，便让她直接来公司上班了。"

沈橙橙点了点头。

原来如此，她有点明白了，李果对她的排斥，应该是源于对乔意可的喜爱。

一行人搭电梯上了会议室。沈橙橙缩在角落的位置，却还是免不了和乔意可的目光有所接触。他每次转头过来对人说话时，眼神总会落在她的身上。沈橙橙如坐针毡，只觉得这次会议是个莫大的考验。

好容易熬到散会，她假装淡定地走出会议室，接着飞速通过安全通道溜回了办公室。

可天不遂人愿，两人在吃午饭的时候还是撞了个正着。

沈橙橙在心里哀嚎，明明她已经为了避开乔意可跑到小吃街来吃饭了，怎么这人还是阴魂不散啊？

而且乔意可一点自觉性也没有，他点了一份盖饭后，拿着瓶装汽水就在沈橙橙的桌前落座。沈橙橙埋头啜着豆奶，假装没看到他。哪知他还特别大声地喊了一句："沈橙橙！"

被点名道姓的她只好抬起头来，应了一声。

"跑什么？"乔意可问。

"就……跑啊。"沈橙橙接话。

乔意可见她那副尿样忍不住笑出声，这时，沈橙橙的盖饭被服务员端上了桌。她刚刚准备抽出筷桶里的一次性筷子，却被乔意可抢了先。

"你一向掰不好这种连在一起的筷子，每次都能掰成残疾。不是一短一长，就是拦腰折断，也不知道那些筷子是怎么得罪你了。"说话时，他手下使了巧劲儿，"嘣"的一声，筷子被掰得刚刚好。

沈橙橙接过了乔意可递来的筷子，心里还有些唏嘘。

是的，她向来不善于掰筷子，乔意可每次都会替她掰好。这么多年过去了，他居然还记得。

"除了筷子，我还记得很多事情。比如：你喜欢吃一种很苦很奇怪的橙子味黑巧克力，饮料最喜欢芬达，水果糖也偏爱橙子味道。"乔意可轻笑，"你还真是不辜负自己的名字。"

沈橙橙垂下脑袋，忽而又扬起了头道："是啊。"

其实，她也没想到，看似神经大条不可一世的乔意可居然能记住如此多的细枝末节。这些微不足道的东西是不重要，但偏偏都是她的喜好。

原来，乔意可还是将她放在心上过的。沈橙橙欣慰地想。

曾经的序幕慢慢拉开，沈橙橙对于乔意可还有一个重要的疑惑梗在喉头。她想问，却放不下自己的骄傲。

乔意可看着沈橙橙，大概也明白了她心底的疑惑。他想要开口，却不知该从何说起。乔意可话到嘴边，突然变成了另外一句："这两天林唯一回来了，你和他联系了吗？"

"没有，你的公司任务繁重，连实习生都要加班。我这几天下来，手机电量都是满的，怎么还有空联系别人？"沈橙橙说。

"也是。"乔意可点了点头。

这时，乔意可的饭也端了上来。两人相对无言，沈橙橙最会装鸵鸟。她立即埋首于饭中，将嘴巴填得满满，假装根本没有心思说话。

一顿饭吃完，乔意可主动买了单。两人一前一后走在路上。刚刚拐进巷子里，乔意可突然出声："沈橙橙，如果我告诉你……当年我为什么不告而别，你能不能……"

"能不能"之后，乔意可停顿下来，他陷入了长久的沉默。

"能不能……什么？"沈橙橙问。

"能不能……回来。"乔意可说。

他好像鼓足了全身的勇气才挤出这段话来，他的眼神闪闪发亮，里面写满了易碎的希冀。沈橙橙不忍再看，只怕心一软，便胡乱答应了他的要求。

乔意可不值得同情，这一切都是他活该。沈橙橙暗自告诫自己。

但他的交换条件实在诱人，沈橙橙很想知道她被抛弃的理由。她想给过去的自己一个交代，让原来的事情画上圆满的句号。

如果，不彻底放下过去，她又该以何种姿态迎接那个有林唯一存在的未来？

可是乔意可太贪婪，她给不起。

沈橙橙说："乔意可，我想听原因，但我回不来。时间不能倒转，人是在往前走的。你不要老住在过去里不出来。"

听到这话，乔意可像是被重拳捶过，脸上满是诧异。他指着自己的胸口，问："住在过去里不出来？"

沈橙橙点头。

"你、我，都回不去了。我曾经恨你，不想让你忘记我，那都是因为我喜欢你。但那时候我太过自卑了，稍稍有一丝一缕的风吹草动都会神经紧绷。所以，导致后来我们分手后，我就害怕和人有亲密接触。因为，我怕被人抛弃。"沈橙橙说。

"我……我可以解释。我不是，不是抛弃你，那件事情，是有原因的。而且我跟你提分手，你甚至都没有挽留我。"乔意可很激动地说。

"乔意可，连你姐姐夏颜都说，你找上我，我家的祖坟都冒青烟了。可想而知，你对我有多么的遥不可及。你要走，我留得住？"沈橙橙反问一句。

说出此话，两人皆是一愣。乔意可并不知道沈橙橙发自内心深处的自卑，沈橙橙惊异于自己居然敢勇于承认自己的心结。

能够承认难以启齿的柔弱，沈橙橙知道这意味着什么。她明白，自己对于乔意可的怨怼爱慕，统统随着时间的长河流逝到属于过去的记忆中了。

她以为她还恨着乔意可，那是因为她从不曾见过现在的他。但现在看来，她并没有自己想象中的顽固。

沈橙橙释然地笑了。

乔意可沉默了。他垂着脑袋从沈橙橙的身边走过，说："你给我一点时间。"

"什么？"沈橙橙追问。

乔意可没再说话，只是走了过去。

两人走回公司，沈橙橙和乔意可离了老远的距离。这时，李果不知从何处冒了出来，她提着一个小盒子走到乔意可身边，说："等下去你办公室，我给你买了蛋糕。"

乔意可强撑起微笑，有些勉强地说："晚点好吗，我有点事情。"

"好吧。"李果点点头。

李果转身，这才看到沈橙橙。她挑了下眉毛，对沈橙橙说："你还有时间闲逛啊，事情做完没？"

沈橙橙知道这人只怕是迁怒，也不接话，沉默地跟在两人身后上了电梯。

下午，李果的心情一直不太好，沈橙橙小心避让着。好在最后李果终于得空去乔意可的办公室吃了蛋糕，这才心情转好地回办公室。李果对沈橙橙说："今天事情不多，你准时下班吧。"

听到这话，沈橙橙有些诧异。她将信将疑地看着李果，李果压低了声音说："不用看了，我和乔意可晚上要去吃饭，所以，放你假。"

沈橙橙长吁了一口气，心里想着终于可以按时下班了。

眼见沈橙橙一副雀跃的表情，李果又觉得奇怪了。按乔意可的说法，沈橙橙不是应该很介意这些事情的吗，为什么眼前的人却是一副放大假的神情？

下班，沈橙橙收拾了东西就去打卡。她和同事一起走出公司大门，却意外看到了很眼熟的车。

车眼熟，倚在车边的男生更眼熟。那人冲她一笑，仿佛节日烟火一般灿烂。

沈橙橙即使用力抿住嘴唇也掩盖不了挂在唇边的笑，她忍不住快走几步，立即赶到林唯一的身边。

"你怎么来了？"沈橙橙睁大眼睛，一脸雀跃。

她毫不掩饰的兴奋取悦了林唯一，林唯一拍了拍她的脑袋道："回来了，就想见你。"

"我只是随口跟你提到了这个公司，你居然就记得这么清楚。万一我今天加班呢，那你岂不是又要等很久？"沈橙橙虽然是抱怨的口气，但她的心里却甜腻得快要渗出蜜来。

在林唯一面前，沈橙橙为数不多的娇气都跑出来了。

"等你多久都值得。"林唯一说。

这时，沈橙橙主动伸手环住了林唯一的胳膊。她扬起下巴，看着林唯一，说："林唯一，你不在的这段时间，我好想你。"

对于沈橙橙突如其来的主动，林唯一愣在当场。他傻傻地看着沈橙橙，紧皱眉头，目光不解。看了半晌后，他又转过脑袋，往自己的胳膊上看去。

那双手好好地搭在他的胳膊上，他只恨衣服太厚，不能让对方的体温传递过来。他想牵她的手，但又怕吓退了沈橙橙难得一次的主动。他很纠结，但更多的是难以置信。

他忍不住问："沈橙橙，你今天，好反常啊。"

他甚少连名带姓地叫她，向来他只喊她橙橙，仿佛这样就能显得更亲密一些，哪知今天对于沈橙橙突如其来的亲密，林唯一傻了。

沈橙橙听闻这话，当场笑得蹲在了地上。她仰起脸来，对林唯一说："你这样算不算叶公好龙，看到真龙反倒傻了？"

"我才不是。"林唯一立即反驳，"我害怕我是在做梦。"

他一本正经的辩解，那副模样真是可爱至极。沈橙橙想笑，却又被他话里的真挚给感动了。她站起身来，一手攀在他的胳膊上，踮起脚来，吻在了林唯一的脸颊上。

"那这样呢，是不是更像做梦了？"沈橙橙退出几步，背着手，脸上盛满了笑意。

一米八几的林唯一，站在那里手足无措地像个笨蛋。他的脸"刷"地红了，连说话也不利索。他摸着自己的脸颊，一时间支支吾吾："你……你……你耍流氓！"

沈橙橙"哈哈"大笑着，她伸手推着林唯一的胳膊说："你是不是来接我，我现在饿了，想去吃饭。"

"哦，对对对。"林唯一恍然大悟，"我们吃饭去，先上车吧。"

两人推推搡搡，又笑着闹着，一时间热闹极了，连路过的行人都忍不住看向这两人。

男俊女美，又年轻洋溢，实在是养眼。

刚刚走下楼的李果眼尖，她拽了一把站在身边的乔意可，问："咦，那不是沈橙橙吗？那个男生是谁啊。"

乔意可撇了她一眼，轻"嗤"一声。李果似乎也很清楚乔意可的反应，她转过脸道："你这表情，是不屑还是太在意了？"

"在意什么？"乔意可生怕泄露自己的真情实感，马上反驳一句。

"也是，你都有冯安妮了，还记挂一个沈橙橙？"李果说。

"不要跟我提她！"乔意可突然暴呵起来。

"好好好，乔大爷说什么就是什么，不是说好了请我吃饭？快走吧。"

李果扯了扯乔意可的胳膊，乔意可又觑了一眼沈橙橙的方向，只见那两人钻入车内，看不到了，他这才收回了目光。

事情隔了这么久，乔意可其实早就分不清他对沈橙橙的感情到底是什么。到底是眷恋还是喜欢，是不甘还是怨怼。世间感情有千百种，为什么人人都想把爱情提纯歌颂。

其实，没有什么感情是纯粹的，有爱必然有恨，有嫉妒必然也有欣赏。乔意可深知这么些东西，所以，他并没有刻意收敛自己的情感。

他忠于感觉，决定把一切都交给时间。放不下的时候绝不松手，该忘掉的时候，也不会回头。

林唯一将沈橙橙带到了一个地方。进入时，居然还要下车做检查。门口的守卫似乎跟林唯一很熟，那人趁着四下无人，偷偷撞了下林唯一的肩膀："咦，这位是？"

林唯一笑道："你猜。"

"我猜是。"

"那就是。"

两人一人一句，跟猜谜似的。沈橙橙听不懂，好像打哑谜一般。她一脸茫然地看着林唯一，他伸手摸了摸她的脑袋说："没什么。"

停好车后，林唯一带沈橙橙穿过一条小径。

这里是绿荫成片，呼吸之间尽是草的芬芳。沈橙橙问林唯一："这是哪里？"

林唯一没有答话，拉着她的胳膊往更远的地方走去。等到他停下脚步，沈橙橙才看出来，这里是一片池塘。

池塘里的荷花早就开败，剩下的只有大片枯荷。虽然，没有盛夏时候的绚烂，但也别有一番滋味。这里很静，人烟稀少，沈橙橙环顾了一下，只觉得这里还挺隐蔽的，不容易被人发现，是个谈话的好地方。

"这里是我经常来玩的地方。"林唯一抬手指了下旁边的一个假山，"我小时候爬上去还摔了，手臂上还有疤。"

说话时，他撸起袖子，给她展示了一番手臂上的伤痕。那道痕迹不浅，看起来也是累计经年。沈橙橙伸手摸了摸，有些心疼地说："当时肯定很疼吧？"

"疼不疼我倒不记得了，当时就记得满手的血，把我自己吓到了。我当时摔了胳膊也不敢跟家里人说，后来是爷爷发现了，罚我在外面站了一夜。"

说到此事，林唯一也觉得好笑："我小时候真是傻透了。胳膊疼和挨骂之间，我发现我居然最怕的是挨骂。"

听了他的话，沈橙橙没有多言，只是轻轻地握住了林唯一的手掌。

林唯一被她的动作惊得抬头，他的脸上满满都是不可置信，仿佛为了确认似的，还用力反握了一下沈橙橙道："你……这是在心疼我？"

说完这句话后，他好像有点后悔，又马上接了一句："同情也好，现在……可以不要松手吗？"

沈橙橙的手被林唯一握得紧紧的，好像是因为太过紧张，连手汗都出来了。两人的手心一片濡湿，黏黏的，却没有人主动提出要放开。

天色慢慢暗了下来，周围的景物被镀上了一层奇异的蓝。沈橙橙虽然有些踟蹰，但仍旧是鼓足了勇气，她说了一句："林唯一，我喜欢你。"

声音是那样地轻，好像被风一吹就会消散。林唯一听到她说喜欢时浑身一颤。

因为，太想得到，所以，在真正得到时，更是觉得不可思议。

林唯一不敢相信，他又问了一句："你说什么？"

"你明明知道！"沈橙橙脸颊绯红，比晚霞还要动人。林唯一的嘴角挂上了笑容，他情不自禁傻呵呵地笑了起来，伸手摸了摸脑袋："真的吗？"

"真的。"沈橙橙的口气笃定，没有半点动摇。她抬头看向眼前的林唯一，额头光洁而饱满，眼睛深邃得就像宇宙一般。这样的人，到底有什么理由，能让她错过。

所以，她又说了一句："林唯一，我喜欢你。"

打破了第一次说喜欢的瓶颈，沈橙橙并不觉得自己有什么好害羞的了。这一次，她语气坚定，吐字清晰，每一个字发音都咬得很准，听得林唯一心跳剧增。

大概这个世界上最动听的旋律，就是从爱人嘴里说出的"我喜欢你"。这样的滋味，真是太美好了。

林唯一似乎被这样的口气给吓到了，他用力握住了沈橙橙的手问："你真的不是骗我？抑或者，是我幻听？"

林唯一这样的不确定，这样的小心翼翼，让沈橙橙有些意外。

在爱面前无伟大之说，只有不爱才会让人立于不败之地。但是，因为爱，人才会变得柔软。

林唯一很果断地将沈橙橙揽入怀中，他贴在沈橙橙的耳边说："说出来的话，就没有办法反悔了。所以，你只能做我女朋友了。"

挨得太近了，沈橙橙都听得到林唯一颤抖的声音。林唯一在她的心中一向冷静自持，但这一次，她真真切切感受到了他的悸动。

原来，他的"很喜欢"，是真的很喜欢。人的语言可以骗人，但是，生理反应不会。她对林唯一突如其来的表白抱有疑惑，但是，现在，她终于解开了疑团。

爱会迟到，但不会缺席。绵延了数年的缘分，在这一刻，终于让他们剖白心声，拥有了彼此。

沈橙橙暗自想着，她何德何能，可以拥有林唯一的爱。

而且他的爱，从来不比她的少。

林唯一紧紧地抱着她，怎么都不肯松开。沈橙橙被他勒得快要断气，于是，伸手轻轻在他的后背上拍了一下道："我快要不能呼吸了！"

她的口气带着娇嗔，即使是抱怨，也带着蜜糖的甘甜。林唯一低下脑袋，轻轻吻在了她的嘴唇上。

接着，绵如雨丝般的吻就这样落了下来。本来就呼吸困难的沈橙橙此刻根本就是头晕脑涨，半天都回不过神。直到很久之后，林唯一才舍得放开她。

他的脸上挂着罕有的傻笑，一张有些冷俊的脸此刻无比温柔，像是捡到了稀世珍宝。他的左手怎么都不肯松开她的右手，仿佛这两只手是天生就该紧紧相握的。

她问他："为什么要带我来这里？"

林唯一很神秘地笑了笑道："上次你不是说要见我爸妈？今天我爸妈来爷爷这里吃饭，我就顺便把你带来了。"

林唯一的话，让沈橙橙一脸震惊，若不是被林唯一牵着，只怕当场她就要拔足狂奔。她被吓得眼泪都快出来了："什……什么？刚刚跟你表白，我就要见家长了？"

见沈橙橙一脸惊慌，林唯一大笑道："骗你的，要见家长肯定会提前告诉你的，哪有这么无理取闹的。"

"那你到底带我来干嘛？"沈橙橙又问。

"带你来吃饭啊，爷爷今天喊我来吃饭，他说要人给我准备了我最喜欢的饭菜。我就想着，你也一起来见见我爷爷嘛。"林唯一说。

"这……这还是见家长啊！"沈橙橙喊道。

"走了，走了，时间不早了，快陪我们爷爷吃饭去。"林唯一扯着她往前走。

沈橙橙红着一张脸被带得东倒西歪，但是，她的心里却甜得不可方物。她没有漏听，林唯一说的是"我们"。

第七章

牧羊少年
的月光女神

那天晚上，林唯一带着沈橙橙去见了爷爷，爷爷很高兴，留他们说了很久的话。林唯一指着沈橙橙问爷爷："爷爷，这个女孩给你当孙媳妇儿你觉得好不好？"

　　林唯一的爷爷倒是明了林唯一的心思。他问："这就是你前几天搞不定的那个小姑娘？"

　　"定了，定了，她是我女朋友了！"林唯一作势将沈橙橙揽入怀中，仿佛宣誓一般地大声说道。

　　"女朋友还不行，要成为孙媳妇才比较牢靠。"爷爷说。

　　祖孙两人一唱一和，沈橙橙在一旁恨不得找个地洞钻进去才好。她抱着脑袋暗想，说不定不消花多久，她就能把林唯一全家亲戚都见个遍了。

　　自从两人恋爱后，林唯一就好似变了一个人。他的稳重全然消失不见，仿佛返老还童成了一名婴儿，总是用最原始最直接的感情去表达好恶。若是有事，他便一天多条消息发给沈橙橙，从早到晚，一刻也不停歇。若是无事，他就会驱车来找沈橙橙，即便只能见十分钟，他也乐意。

　　沈橙橙心疼他这样来回奔波太辛苦，但林唯一言之凿凿道："我看不到你更辛苦！"

口气别扭，像个小孩，直白又坦率。

沈橙橙忽而就想明白了。

喜欢你的人永远是肯花时间，又肯花心思和花钱，不喜欢你的人舍不得钱也舍不得时间。一切借口皆是因为"不情愿"，而真正的爱，是不计风雨洪涝，只想赶往你身边。

爱也怕对比，稍稍一比较，沈橙橙便明白了谁是真心，谁是假意。

某天下班，沈橙橙打完卡走向电梯间。里面已熙熙攘攘挤满了人，她走上去后，却突然被人抓住了手腕。她下意识地想要挣脱，抬头一看，发现是乔意可。

他的目光深沉，眼底意味不明。他狠狠地擒着她的手腕，几乎要把她的手腕给拧断了。

人太多，沈橙橙也不想跟他发生争执。她咬着牙忍着，眼里却沁出了点点泪光。

乔意可看到她那副模样又心疼又生气，本想继续拧着她的手，最后还是不自觉松开了。沈橙橙赶紧抽回手。此时，电梯正好到了一楼，她连忙随着人流出去。

乔意可跟在她身后，而她自顾自往前走着。好在林唯一候在门外，她连忙迎了上去，可怜兮兮地喊了声："唯一。"

也不知怎么地，沈橙橙觉得，自己跟林唯一待久了，自己也变得娇气起来。明明不是什么大事，但她就是觉得委屈。

"怎么了？"林唯一伸手轻轻抚去她眼角的泪痕，他皱着眉头，脸色不算太好。

沈橙橙不想节外生枝，她本来想倾诉自己的委屈，最后话到嘴边转了弯："没，没什么。就是想你了。"

"不是这样吧。"林唯一说。

此时，林唯一抬头往高处看了一眼，瞥见了站在那里的乔意可。乔意可不躲不闪，迎着他的目光，并送来了一个挑衅的微笑。

林唯一拍了拍沈橙橙的肩膀说："我过去跟他打个招呼。"

沈橙橙点头，乖乖站在一边。

林唯一向乔意可走去，乔意可似笑非笑，一脸难以言喻的表情。

"前两天，我爸说看到你和沈橙橙了。"乔意可说。

"我怎么没见到叔叔？"林唯一顺着他的话反问，他明知乔意可所说的不是那个意思，但他就是不想顺着乔意可的话说下去。

"别装傻，你不会听不懂我的意思。"乔意可说。

"听不懂。"林唯一直截了当。

乔意可呵笑一声，像是听到了什么天大的笑话。他伸手，搭在林唯一的肩头上道："我们从出生就在一起了，你会听不懂我在说什么？"

"我们从出生就在一起了，除了她，我什么都可以让给你。"林唯一说。

两人眼神相触，林唯一读懂了乔意可眼里的绝望，而乔意可也明白了林唯一的坚决。

"我还能说什么呢？"乔意可伸手，拍了拍他的肩膀。

"你这意思是？"

"我有说是什么意思吗？"乔意可笑，随即转身，"先走了，看不得恩恩爱爱的场景。"

乔意可转身而去，林唯一喊了一声。

他停下脚步，头也没回，问："什么事？"

"冯安妮的事情，如果……如果可以，我想我能帮一点忙。"林唯一说。

"没什么忙好帮的，我自己的罪，自己赎。"说完后，乔意可便离开了。

林唯一叹了口气，走回沈橙橙的身边。沈橙橙问了一句："我刚才听到了冯安妮的名字。"

"平时跟你说个什么都听不到，听这个倒是一听一个准。"林唯一说。

"夏颜和冯安妮有宿仇，我必然也不喜欢她。不喜欢她，自然听得准。"沈橙橙说。

听到这话，林唯一沉默了一阵。他看着沈橙橙，表情很明显的欲言又止。沈橙橙看出了林唯一的神态有异，便说："冯安妮到底是怎么跟乔意可在一起的？"

"你真想知道？"林唯一问。

"要不然呢？"

林唯一伸手，摸了摸后脑勺，表情有些苦涩。他在原地转了几圈，怎么都没办法下定决心。沈橙橙不懂他的为难出自何方，但她也不催，只是静静地看着林唯一。

他打开车门，对沈橙橙说："先上车，我们换个地方再说，这里不是说话的地方。"

沈橙橙点头，乖顺地坐上车。

两人来到餐厅，林唯一熟门熟路地要了一个包间。他俩刚坐下，沈橙橙的手机便响了。

手机屏幕出现了夏颜二字，沈橙橙一惊，随即接了起来，电话那头传来了夏颜昂扬的声音："橙橙，我回来了！"

"你终于舍得回来了？"沈橙橙笑问。

夏颜在寒假伊始便去了美国，名义上是考察以后要读的学校，实际上是去美国游玩一趟。玩到快开学时，终于舍得回来了。

"哪有，我还给你带了礼物，一个从美国带回来的帅哥！"夏颜说。

"这个礼物我不收了，你自己留着吧。"沈橙橙说。

"连帅哥都不动心，你怎么了啊？你说，是不是趁着我不在，你偷偷有了别的人？"她问。

"猜得很准。"沈橙橙说完，将手机递给了林唯一。

"你好，夏颜。"林唯一对着电话说。

电话那头突然惊叫开来："林唯一，你是林唯一？"

"如假包换。"林唯一笑说。

"天哪，我们橙橙终于如愿以偿地和男神在一起了，她应该撒花庆祝。你俩啥时候请我和苏莫青青吃顿饭，总该见见娘家人吧？"夏颜说。

"当然，你们想吃什么，什么时候吃，告诉橙橙，我来接你们。"林唯一说。

"包吃还包接送，这么好？"夏颜调侃着。

"当然，你们是橙橙的娘家人嘛。"林唯一应承到。

"好，好，好，不打扰你们小两口了，我晚点跟沈橙橙联系，先挂了。"夏颜说。

"好。"说完后，林唯一挂断电话，将手机递给沈橙橙。沈橙橙笑着说："我可是听到了，你要请夏颜和苏莫青青吃饭，小心她们狮子大开口啊。"

"没事，多少都管够。"林唯一宠溺地摸了摸沈橙橙的脑袋说。

沈橙橙满意地眯了眯眼，心里暗想，被人宠爱的感觉真好。

两人说了会儿话，菜便上来了。沈橙橙迟迟没动筷子，林唯一也知道她在想什么，还是拿了她桌上的碗，给她添了碗汤，说："先喝了我再告诉你。"

沈橙橙乖乖喝了碗汤，汤汁醇厚温暖，一瞬间四肢百骸都舒坦了起来。

林唯一这才说："你认得冯安妮，那你知道她还有个哥哥吗？"

"哥哥？"这是沈橙橙第一次听到冯安妮还有哥哥，一时间有些错愕。

"嗯，她的哥哥冯雷恩，和我还有乔意可是好朋友。"林唯一说。

"我怎么从来没见过这人？"沈橙橙问。

"他死了，三年前的暑假，就死了。"林唯一的话音落下，空气中出现了奇异的凝滞感。沈橙橙不可置信地看着林唯一，而林唯一，却不知道该不该把这个话题继续下去。

他想告诉沈橙橙这件事的前因后果，但又怕自己说了之后，沈橙橙会不可抑制地将心偏移向乔意可。毕竟，沈橙橙立场不坚定，而这种不坚定太多，会让她陷入一种奇怪的境地。

而这种后果，是林唯一不愿意看到的。

同时，他也不想让沈橙橙的心里再次出现乔意可这个人。只是，他的良心却不允许他隐瞒此事。他已经率先背弃了他和乔意可之间的承诺，若是再继续自私下去，林唯一觉得自己做不到。

　　其实，他们这群人，没有一个人有足够的狠心。他们不是坏人，做不到心狠手辣。好也好得不彻底，坏也坏得不透彻。每个人都有小小的私心，但每个人也有该有的良知。

　　而沈橙橙有些恍惚，她不知道该从何问起，也不知道该问些什么。

　　林唯一看出了她的犹疑，他说："就是乔意可和你说分手之前，冯雷恩为了救乔意可，不幸身亡。从那天起，乔意可便认定了自己是罪人，是凶手，是最不该苟活于世的人。"

　　从小开始，林唯一和乔意可便厮混在一起。用乔意可的话说，这叫打从襁褓里带出来的感情。

　　不过这话也没错，林唯一和乔意可两人家世相仿，两位父亲又是多年战友，甚至连住房都是楼上楼下的关系。有时，乔意可被家人训斥，林唯一对着窗户都能听到他妈妈是怎么骂他的。有时，林唯一还一本正经地听着，第二天上学的时候再将这些话原封不动地还给他。

　　乔意可气得跳脚："林唯一，你这人就是长了个讨巧的皮相，看起来乖到不行，实际则不然。一肚子黑水，墨鱼都比不上你。"

　　林唯一也不气，哈哈一笑，便揭过了。他心里清楚，自己确实有一肚子坏水。不过家教太严，他早早就学会了什么叫作"阳奉阴违"。他不会让自己吃亏，所以，表面上该怎么乖便怎么乖，嘴甜除外，还总是一副古道热肠的样子。再加上他本就生得一副好皮囊，谁能不喜欢他？

久而久之，林唯一的面具便再也摘不下来了。

人的面具，都是别人给的。他们说你是什么样的人，时间长了，你就成了什么样的人。本性是什么？那是不需要展示在人前的东西，自己默默藏好就可以了。

大众最喜欢的，是臆想中的你，而不是真正的你。

真实是什么？并没有人在意这个东西。在林唯一年纪尚小时，便懂得了这个道理。所以，他投人所好，顺利而轻松地活着。

人人都爱林唯一。

有时，他也觉得好笑，常常对着镜子里的人说："看哪，那个和你同名同姓长得一模一样的家伙，可比你受欢迎多了。"

镜子里的人也对着他笑，目光里满是不屑。

林唯一和乔意可认识冯雷恩是在初中时。那时，也不知乔意可发什么神经，天天都要去游泳。他去就算了，还非要扯上林唯一。林唯一不情愿也不行，谁都知道乔意可霸道得紧，旁人对他都忍让惯了。

两位小公子去游泳也要挑好的，乔意可拉着的林唯一去酒店办了张游泳年卡，恒温游泳池，有时游完泳饿了，他们便直接在楼下餐厅吃点东西。

就这么来来去去，酒店里的人都和他们混了个眼熟，两人也认识了当时作为服务生的冯雷恩。

冯雷恩十八岁，和他们的年纪差不多。小孩天性爱交友，再加之年龄相仿，便更是一见如故。冯雷恩将两位小客人伺候得很好，他们也时常在冯雷恩休息时，找他一块儿出去打篮球。

三人迅速玩在一块，还互相成为了挚友。

后来他们知道，冯雷恩出身于单亲家庭，父亲不详，除他之外，还有一个和他们年纪相仿的妹妹叫冯安妮。

有时，他们去冯家找冯雷恩，冯安妮也在家。她对他们很好奇，也想和他们一起玩。

乔意可不太喜欢和女生一起玩，但碍于冯雷恩的面子，便也不好做得太明显，有时就忍了。而林唯一则不同，他知道女生敏感好面子，在冯安妮想要接近他的时候，他就早早划出了安全范围，并保持一副不好接近的样子。

久而久之，冯安妮就明白了，乔意可面冷心热，林唯一面热心冷。比起林唯一，乔意可还是单纯些，也更好接近。她不管怎么缠着乔意可，他也会给她留几分薄面。

人嘛，总是欺软怕硬见风使舵。在乔意可还没来得及抽身之前，冯安妮便早早地缠了上来。

后来，冯雷恩私下里对林唯一说："我做了这么久的侍应生，看人都有一套的。越是看起来不好接近的人，私底下越是害羞腼腆，而且有求必应。若是像你这般笑眯眯又温和的，我就要注意了。第一印象给人太过于好的，一般都不是什么好人。"

那是林唯一第一次被人直面揭穿自己的假象，他有些意外，但更多的还是好奇。

林唯一问他："所以，在第一次见面时，你选择了跟乔意可搭话而不是我？"

冯雷恩笑了笑，说："你不像同龄人，你比他们都要成熟些。"

这话让林唯一明白了，也间接承认了。

其实，林唯一也不介意有人刻意接触他，而且冯雷恩为人着实不错，他也不讨厌。能行方便自然就行个方便。

但这并不代表他对冯雷恩的喜欢能转移到冯安妮身上。

虽然，林唯一偶尔也会对乔意可旁敲侧击一番，可每个人的性格不同，不是人人都叫林唯一。

后来，升到高中，学业繁重，林唯一便和冯雷恩来往得少了。他一向打乖乖牌，这种理由说出去也名正言顺。其实，林唯一清楚是怎么回事，冯安妮和他们上了同一所高中。

无所谓有意无意，林唯一觉得这是个麻烦。他向来相信第六感。

既然是麻烦，还是要早早避开才好。

据林唯一观察，冯安妮还是有点心机的。她不傻，常常做委曲求全状，也知道在学校里不和乔意可来往。这样的"大度"让乔意可很受用，所以，冯安妮便一直是乔意可的"朋友"。

作为旁观者的林唯一一直以为冯安妮最后能够达成自己的心愿，哪知在毕业后，乔意可却突然选择了沈橙橙。

那时，林唯一居然有些恶毒地想，冯安妮真没用，做了这么久的朋友，居然都没能让乔意可喜欢她。

暑假，冯雷恩提议去出去旅游，首当其冲最赞成的自然是冯安妮。林唯一不想去，最后还是被乔意可劝动。在临出发的前一天，林唯一问乔意可："怎么不叫沈橙橙一起去？"

乔意可撇了下嘴，表情有些耐人寻味。他说："橙橙说要陪爸爸出去出差一周，你以为我没跟她讲？"

其实，从那天起，林唯一的心里就隐隐感觉到了，这次乔意可对沈橙橙，是认真了。

他的心里又酸涩又嗔恨，在嫉妒乔意可的同时，又恨自己没用。这些微妙的情绪错综复杂地交织在一起，林唯一也不知道自己出于什么心态，居然就跟他们一起去旅游了。

四人在海岛玩得还算开心。乔意可天天拿着手机四处拍照片发给沈橙橙，有时，林唯一入了镜，乔意可还特地将所有有林唯一的照片给删了。林唯一暗自好笑，忍不住问："为什么不发？"

乔意可白他一眼："为什么要发？"

后来林唯一才知道，其实，乔意可知道沈橙橙对林唯一的感情特殊。乔意可一直害怕万一自己说漏嘴，告诉沈橙橙自己认识林唯一，沈橙橙会调转心意，不想再和他在一起了。

那么骄傲的人，居然也有不自信的时候。

在离开海岛的前一天，乔意可突然提议说，坐船去最近的海岛上，然后，再游回到这边的海岸线。

几日海岛游下来已经很无聊了。他提出这个提议时，得到了冯雷恩和冯安妮的赞同，林唯一不同意，他劝说："不要以为快艇来回很近，其实距离很远的，而且人在海上不知道会发生什么事情，不安全。"

乔意可嗤笑一声："你是怕输给我吧？"

林唯一不做声。

"这样，如果你胜过我，回家后我带沈橙橙出来见你。敢不敢跟我赌一把？"乔意可走到他身边，小声问了一句。

　　林唯一沉默了。其实，他想拒绝，但是，乔意可开出的条件太诱人。

　　他别的都能拒绝，就是拒绝不了"沈橙橙"这三个字。

　　所以，林唯一还是答应了。

　　冯安妮先坐快艇回另一边等他们，三个男生便偷偷摸摸潜下了水。刚开始的时候，三人兴致高昂，甚至把自己会的所有姿势全部施展开来。但是，游到中央的时候，乔意可和冯雷恩便发现，林唯一的话很有道理，海岛和大陆的距离，确实有些远。

　　这个时候，也没有船往这里开了。因为，他们错过了最后一班从海岛回航的船。

　　三个少年第一次感到绝望，天色慢慢变暗，海浪也逐渐翻起了大的波澜，水面的温度逐渐变低。他们的心里，开始慢慢升起一种挥之不去的阴霾。

　　绝望，这种气氛，很容易弥漫开来。乔意可什么都没说，只是继续用尽全力往那个看也看不到的海岸线游去。林唯一一边保持着体力一边慢慢借由海水的浮力缓解那种大难临头前的心情，而冯雷恩则是死死地跟着乔意可。

　　冯雷恩知道乔意可这样逞强很容易出事，劝也劝不住，因为，乔意可不是一个会听劝的人。所以，他只能默默地跟在乔意可的身后。

　　乔意可是那个率先放弃的人。即使海岸线已经隐隐透了出来。那一点点浅色的光线，所有人都不会看错。

　　但是，他已经快要不行了。他甚至感觉到自己的肺快要肿起来了，世界都在旋转，还染上了一层斑斓的光圈。

"林唯一……冯雷恩……你们，不要管我了。"说着，乔意可眼睛一闭，双手双脚停止了动作，只想休息。

人在累极的时候根本不会去想什么是生死大事，只想好好地睡上一觉，哪怕之后再也睁不开眼。

听到这样的话，林唯一心里猛然缩紧了。但是，要他这个快要精疲力竭的人快速向前去救那个自暴自弃的人，也是不太可能的。他虽然尽力，但还是眼睁睁地看着乔意可往水下沉去。

他绝望地闭上了眼睛，心里凉透了，连本来火烧火燎的喉头也瞬间冷却下来。他冷得发抖，眼前开始发黑。

第一次，这是人生里永远都不想体验的第一次。这样的感觉太过可怕，林唯一实在不想记住。他害怕看到有人在自己的面前消失。

但是，没过一会儿，乔意可又从水里浮了出来，随即露脸的是冯雷恩。他满脸疲倦，可丝毫不见绝望。

"我们加油，还有一会儿。乔意可……不要放弃……永远永远……不要放弃自己。"他苍白的脸上露出的坚毅，让林唯一和乔意可摇摇欲坠的心又坚定起来。林唯一咬了咬自己的嘴唇，本来就泛白的嘴唇上此刻被他咬到出血，可他一点感觉也没有。

太累了，累到身体都麻木了。他们第一次体会到人生里有这么艰难的事情。而且这个事情的起因，还是因为一个无聊的念头。

冯雷恩什么都没说，只是拽着乔意可的手臂努力往前游，时不时回头看一下林唯一有没有跟上。他们游累了，也不敢浮在海面上漂着。现在的风变大了，浪也变大了，随时都有可能被卷走。所以，他们只有尽力往前。

最后的最后，他们终于上岸了。三个人歪歪倒倒地趴在沙滩上。

这个时候天也全黑了，星星就像是灯泡一样的闪亮。好在冯安妮一直等在岸边，此刻看到精疲力尽的他们立即叫来了救护车。可冯雷恩体力消耗过大，并引发了肺气肿，在医院里坚持了一个多月之后，因为体内脏器衰竭，去世了。

这是他们第一次面对死亡。

死亡是书面上那个冰冷的方块汉字，是一笔一画描摹出来的恐怖。这个东西，可能他们还接触不上，所以，他们还不知道什么是可怕。

但是，从那一刻开始，从冯雷恩闭眼时，他们就知道了这个词的真正含义。

死亡就是再也见不到了，看不到那个平常对你笑的人，从今以后也听不到他的声音。有关于他这个人的一切都被那两个字给抹掉了。

冯雷恩死后，冯雷恩的母亲便开始孜孜不倦地找乔意可的麻烦，即使冯安妮从旁劝阻，也没有什么用。冯母甚至将此事闹到报社，若不是乔父压了下来，只怕闹得满城风雨。

乔意可自觉有错，他想赎罪，却不知从何做起。乔意可找来林唯一商量，却不料还没走出家门几步，就被一直蹲守在乔家外的冯母打伤。乔意可被送到医院救治，乔母觉得这事不妙，还是要把乔意可送出去，等风波过后再让他回来为妙。

于是，乔家不由分说将乔意可送到国外，强制断了他和国内朋友的一切联系，连那条分手短信，都是由乔母亲自编写。

当时，乔意可死活不同意和沈橙橙分手，但等到乔母将沈橙橙发来的"好"字展示给他时，乔意可便傻了。

他不知道为什么沈橙橙连原因都不问就如此轻易地应下了，他在飞往大洋彼岸上的飞机想了足足一夜，眼睛都熬红了，却也想不出一个为什么。

是沈橙橙不够喜欢他，还是沈橙橙其实另有所爱，抑或者现在的她还是觉得自己是他的奴隶……

千般万般的想法涌现在心头，纵然乔意可能够把沈橙橙的电话号码倒背如流，但他依旧拿不出一点勇气，向她垂询那最后的救命稻草。

他怕自己问了，救命稻草就成了压死骆驼的最后一根稻草。从那之后，乔意可将万劫不复。

但他依旧放心不下，乔意可到国外的第一件事，便是买了电话卡给林唯一打电话。他在电话里逼着林唯一发誓，要林唯一亲口承诺，在他回国前，不能对沈橙橙趁虚而入，不能告诉沈橙橙事情的经过。

这样离奇的要求，任谁都不会答应。但林唯一却认了。他觉得，冯雷恩的死不仅仅是乔意可的责任，他也责无旁贷。如果，当时他劝住了两人，如果，当时他没有鬼迷心窍想要赢得那个赌注，也许这一切都不会发生。

但就是那个看起来平淡无奇的一天，却成了他们人生中永恒的转折点。

没有人能够逃过那一天的折磨。

听到这里，沈橙橙瞠目结舌，她的心里五味杂陈，满脑子凌乱不堪。她想要对林唯一说点什么，却不知该从何说起。

她一直以为，那个夏天只有她一人惨遭离弃，却不知这样的"离弃"背后，是乔意可无声的保护。

沈橙橙咬着嘴唇，心里暗暗骂着乔意可。那个一天到晚只想充当英雄，想当悲剧里的男主角，想独自承担所有苦楚。但他却从来不问问，是不是有旁人肯愿意协助他渡过难关。

乔意可有满身的荆棘，也有一身的孤勇。沈橙橙觉得，他的自负其实也是一种责任感，他就像盗取天神火种的普罗米修斯，能给所有人带来温暖，却让自己被恶鹰啄食肝脏。

人们都以为英雄是不畏惧疼痛的，所以，才有人都忘了问他一声："你难过吗？"

沈橙橙觉得自己也是凶手。她的冷漠和自以为是将乔意可推到了万劫不复的边缘，还自以为是被害人，对乔意可处以极刑。

"我……我为什么不问问他呢，当时若是我问上一句为什么，是不是就不会让他一个人了？"沈橙橙抬起头，定定地看着林唯一，嘴唇忍不住有些颤抖。

"这就像我一直反问自己，为什么那天不能劝住乔意可和冯雷恩。我明知道那是有危险的，却暗藏私心，偏偏要狂妄一把。如果我当时劝住了乔意可，是不是一切都不一样了？"林唯一说。

其实，沈橙橙也知道，她所说的那些话根本没有意义，只是为了让自己好受些。就像林唯一之前肯答应乔意可的请求，也只是为了降低自己的罪恶感。

可是谁也不是乔意可，谁都不知道他是怎么想的，

人就是这样，刀不插在自己的身上，便不知道痛。说什么感同身受，从来就没有感同身受的事情。

"那我是不是应该，不去恨他了？"沈橙橙说。

她轻轻咬住嘴唇，刘海覆上了她的眼睛，林唯一看不清她的眉目，也不知道她在想什么。自言自语的声音很轻，仿佛融入了流动的空气中。那样细微的发声，昭示了她摇曳的内心。

虽然，她觉得乔意可没有给她一个解释，但更多的，还是莫名的心疼。虽然，他们曾经是恋人，可是这一刻，她才明白，他们曾经还是朋友。只不过，她现在才后知后觉地明白过来。乔意可的表达方式太过于简单粗暴，让那份友情扭曲得不成本形。

算了，反正全世界都在迁就乔意可，她也是明白的。

想到这里，沈橙橙心里的一块大石头轰然落下。其实，乔意可刚回国的时候，她还是存在芥蒂的，只是她没有表现出来。

她不想让人担心，只能自己成夜成夜地睡不着。那条分手短信还存在她的旧手机了。即使搬家了，她也没把那部手机扔掉。

说不好为什么，好像沈橙橙的心结从乔意可的不告而别开始，就再也没有解开，一直沉淀至今，

旧伤结痂，还看得见疤。她一直被这个疤困住，不敢去爱，怕再次无端被抛弃。

当前因后果统统明了，沈橙橙的伤痕便自动愈合了。

就在这一刻，林唯一的心底无端升起了一种恐惧感。他知道这种恐惧是来自乔意可的存在，因为，乔意可在沈橙橙心里还是占有说不清道不明的地位。他害怕沈橙橙知道原因后，会后悔和他在一起，会离他而去转而投向乔意可的怀抱。即便沈橙橙对他说了喜欢，他的心里还是患得患失。

林唯一天天缠住沈橙橙，让她的世界里只有他一个人。

这样想着，他就更恨自己。一边恨自己的不够勇敢，一边恨自己的阴暗。

沈橙橙好像意识到了什么，她扬起脸，对林唯一说："你别多想，我只是不知道该如何去处理和乔意可的事情，但我喜欢你，这是无法改变的事情。"

她的话柔柔软软，却又充满力量，像是一股暖流，汇入了林唯一的心房。

她总知道该如何去安抚林唯一，什么都刚刚好。

林唯一伸手，紧紧握住了沈橙橙的手。他垂下脑袋，埋在了沈橙橙的怀里。沈橙橙抚摸着他的头发。

他性格坚韧，头发却很软，摸上去也不扎手。她对林唯一说："你要对我有点信心，对你自己也要有信心。毕竟我们相识了那么多年，虽然都没说过话。"

这话，让林唯一笑了，他问她："你是什么时候留意到我的？"

"小学的时候，有一次上车。那天我看错了钟表，提前去了学校。我在等车，上车后发现车上只有一个乘客，就是你。你坐在最后一排，不言不语，戴着黑色的棒球帽，灯光打在你的脸上，你抬起头来看着我。那一瞬间，我就把你记在了心上。"

每每回想起那个镜头，沈橙橙就会升起一种无法言语的感觉。心底里翻涌着微微的酸和微微的甜，像是嘴里含着一颗水果糖，连舌根都软了起来。

那是一个寒冬，早上，天还暗着，呵出来的白气肉眼可见。明明暗暗之间，有种妖冶的感觉。车厢里都是黑的，沈橙橙戴着手套握着扶手，满车都是空位，她却独独被最后一排的男生吸引。

盯着一个人看其实不是一件礼貌的事情，但林唯一身上有种独特的气质，她就是挪不开眼。她走近了又走近，假装无意寻找座位，其实，就是想看清他的脸。她暗暗想着，抬头，抬头，抬头。

车辆启动，光影流转，一束灯光射入车厢，林唯一恰恰好抬起头来。

仅仅一眼，沈橙橙便把他的模样记到了灵魂里。而后，再也忘不掉了。

命运是很神奇的东西，它可以让毫无关联的两个人走到同一条线上。虽然，前路坎坷曲折，甚至还有分岔路口。可再多的兜兜转转，被牵起红线的两人总会找到同样的归路，走到同一个终点。

这就是爱的力量。是魔法，是天赐，是个人的缘法，也是每个人需要努力争取的东西。

若是林唯一迟迟不肯迈出那一步，若是沈橙橙不肯放下自己的心结搏一把，他们便不会坐在这里。他们的缘分再多，也起不到什么作用。

林唯一起身，从沈橙橙的背后拥住了她。动作轻柔，体温温暖，沈橙橙顿时沦陷在这个怀抱中。

"原来是那么久之前的事情了。"林唯一感慨道。

"所以啊，我认得你的时间，要比认得乔意可久得多。所以，你凭什么以为，我会为了他抛弃你？"

说话时，沈橙橙回首，却不料林唯一的脑袋就在她的肩膀处。她的嘴唇轻轻刷过林唯一的唇，一时间，他就愣了。

"怎么，你这是在安慰我？"林唯一回过神来，把她抱得更紧了。

他的本意是调侃，哪知沈橙橙凑过脸来，吻上了他的嘴唇。

这一瞬，林唯一感觉到了轻微的眩晕感，整个世界都融化在这个吻中。

自沈橙橙那个主动的吻后，林唯一更加黏人了。如果需要形容，林唯一就像一只金毛猎犬，时时刻刻都想要主人的陪伴。而且林唯一有时还会打电话撒娇："我的力不足，需要橙橙的拥抱才能好起来。"

沈橙橙在电话这边又羞又甜道："林唯一，你正经一点。"

虽然，这么说着，沈橙橙还是会不远万里赶到林唯一的身边，给他拥抱和亲吻。

沈橙橙难得休息，沈远山提前打招呼说："周日的时候你把时间空出来，我们一起出去买家具。"

"买家具？"沈橙橙一脸诧异。

"对啊，以后要住在一起，要搬家，自然要挑家具。"沈远山说。

沈橙橙看着自己的父亲，满脸无语。她开口说："爸，你为什么总是最后一个才通知我，难道你就不能提前几天说？"

沈远山"嘿嘿"一笑，竟然有些羞涩地摸了摸后脑勺。沈橙橙叹了口气，只是伸手挥了挥，说："算了，你是我爸，我也知道你是这样的性格。"

周日，沈橙橙和沈远山来到家具城，连恒和连未央也来了。沈橙橙走上前去，还四下探看了一阵。这时，连恒像是发现了她的秘密。他走到沈橙橙身边，压低声音问了一句："怎么，怕夏颜看到误会我们？"

沈橙橙被点破心事，有些心虚地点了点头。连恒有些意外道："我以为你会很早就告诉夏颜的。"

"告诉她什么，二次伤害吗？"沈橙橙不服气地顶了回去。

"OK，我说不过你。"连恒举手，"咱们还要相处这么久，态度能不能放缓一些，别每天剑拔弩张的。"连恒说。

"自然。"沈橙橙点头。

逛家具店的时候，两个大人走在前面，两个孩子跟在后面。沈橙橙和连恒始终保持着两拳的距离，不远不近，不亲不疏。

连恒突然推了一下沈橙橙的胳膊，"那个蓝白相间的柜子怎么样，我觉得还不错。"

沈橙橙顺着他的手指看了过去，看到那些尖锐的棱角，果断摇头："我比较喜欢圆角的家具。"她指了指自己的额头，"原来在家具上撞过一次缝了两针，从此之后都开始憎恶那些方方正正的东西，总觉得是杀人利器。"

她的表情相当的严肃，但连恒却笑了起来："我只是随便说说，并没有要你这么认真地解释这么多。"

"我……"突然被说了一通这样的话，沈橙橙也不知道该如何接下去，"我以为你是说真的。"

"其实，我就是说真的。"连恒指着那个柜子："妈，你觉得那个柜子怎么样，家里有颜色可以搭配吗，我挺喜欢的。"

沈橙橙根本不知道该做出如何反应，她愣在了当场。就在她发呆的空当，连恒把房间的家具已经敲定妥当了，只剩她了。

她现在才觉得，连恒从某种角度上来说，根本就是个怪人。他的捉摸不透和突如其来的幽默简直让人费解，而且她根本不知道他的话语里有没有别的意思。

抱着这样的疑惑，沈橙橙挑东西的时候也显得格外的心不在焉。她稀里糊涂地被台阶绊倒，差点一头栽在地上。

好在身后的连恒一把拉住了她，要不然不远处的花瓶一定会被她撞倒。

"你今天怎么了？"连恒说。

沈橙橙听得出来，他的话里有责备的意思。

"对不起，有点心不在焉的。"沈橙橙老实回答。

她迅速从连恒的怀抱中挣脱出来，只觉得刚刚的姿势太过暧昧。沈橙橙打从心底里认为连恒是夏颜的人。而朋友的男朋友，是最应该保持距离的。

在接下来的闲逛中，沈橙橙跟连恒隔得老远，那距离仿佛是连恒身上沾染了什么致命病毒，她特别嫌弃人家似的。

连恒看得好笑，同时又有种说不明白的感觉。这样的距离感让他明白，沈橙橙和夏颜确实是挚友，她很在乎夏颜的感受。

她是个单纯的好女孩，夏颜果然很会找朋友。连恒想。

最后，"好女孩"沈橙橙选了一套纯白的家具，包边的地方有精细的雕花，而且俱是圆角。

"要去看看新家吗？"沈远山问了他们一句。沈橙橙和连恒对视了一下，都点了点头。

沈橙橙觉得，自己已经可以接受任何来自沈远山的信息。反正她的爸爸永远都不知道什么叫作"提前告知"，她不习惯也习惯了。

新家就在市中心，在地价很高的地方。沈橙橙偷偷把爸爸扯到一边问："这房子你花了多少钱？"

沈远山很不好意思地摸了摸头："我的钱只买了车，未央说房子她来买就好。"

听到这话，沈橙橙狠狠拍了下自己的脑门，她暗自想着，自己的爸爸到底是撞了什么大运，才遇到这样好的女人。

一行四人走进了屋子，这是个复式楼，基本的内部装修已经完工，灯具也已经安好了，家具挑好后，通风散气后，就可以入住了。沈橙橙环视一周，心里暗赞，觉得屋内布局合理。连未央指着楼上对连恒和沈橙橙说："上面是你们的天地，下面就归我们了。"

连恒看着沈橙橙，说："上去看看？"

"走。"沈橙橙回应。

两人走上楼梯，看到了那两间卧室，两人挨个看过，连恒问她："你挑哪间？"

"随便吧。"沈橙橙说。

听到这话，连恒耸了下肩膀道："那吃完午饭再说，我想和你再谈谈。"

"又谈？"沈橙橙一脸莫名。

四个人一起吃完午饭之后，连恒叫了沈橙橙先离开了。他找到了一家咖啡店，两人坐下后面面相觑，连恒摆出了一副谈判的表情，"我们来谈一下彼此的需要。"

"彼此的需要？"沈橙橙重复了一遍，这话用词很怪，让她有点不能理解。

"我一般打游戏会打到很晚，基本都是早上五点才睡。所以，在上午十一点之前，希望你不要叫我起床。"他双手交叉搁在下巴那里，表情严肃。

"睡眠对我来说非常重要，如果吵到我了，别怪我翻脸。"连恒说着，看了沈橙橙一眼。那样的眼神太过凌厉，让她有点避缩。

"除了这个，我没什么好说的了。你呢？"连恒又问了一句。

"没什么，我没有什么非常介意的事情。"沈橙橙想了想，很慎重地回答。

连恒忍不住笑了，他反问："占用厕所时间太长，你也不介意？半夜打游戏声音很大你也不介意？"

沈橙橙想了想，点了点头，说："还是介意的。"

"那你装什么好人说什么不介意，明明是介意太多，不知道从何开口而已。"连恒扯了下嘴角，扬起了一抹有点嘲讽的笑容。

这话说得尖锐，沈橙橙有种被噎到的感觉。她愣了一下，不知该如何作答。

连恒继续说："既然以后要住在同一个屋檐下，那我们还是相互包容吧。"

话都说到这份上了，沈橙橙还能怎么包容？她现在才觉得离奇，为什么夏颜会喜欢这种人。

这次谈判仿佛是在示威，沈橙橙看着对面的连恒，恨不得就用手中的咖啡泼他一脸。

实在太嚣张了，看得太生气了，也不知道夏颜是怎么忍下来的。

第八章

重来亦是
无用

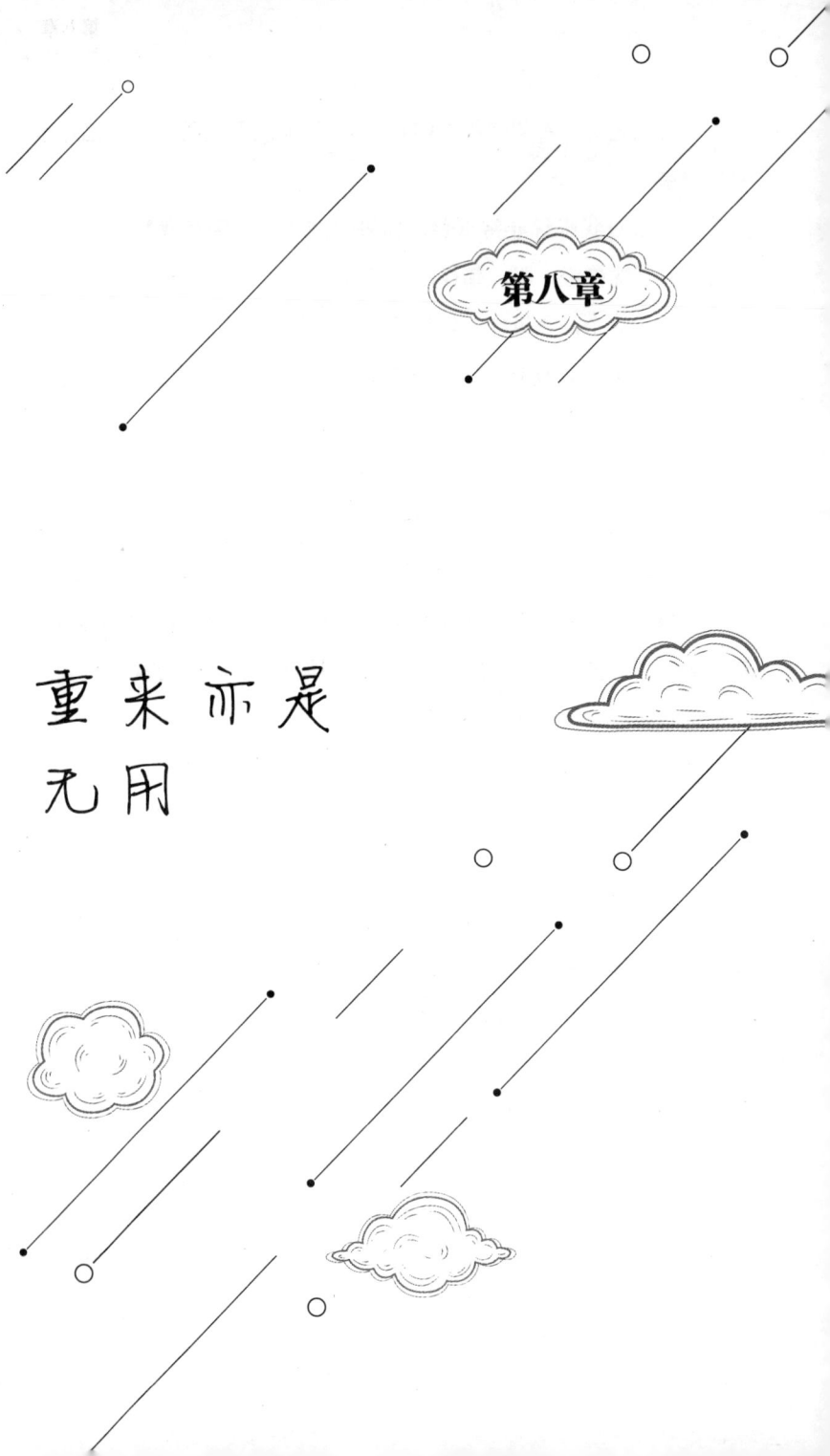

正在这时，咖啡厅门口的撞铃突然敲响，沈橙橙忍不住回头一看，却看到了一张熟悉的脸。

沈橙橙的身形被椅子挡住，只露出了半个脑袋。但仅仅是半个脑袋，夏颜居然一瞬间就认了出来。她"哎"了一声，连忙走了过来。

夏颜怎么会出现在这里？沈橙橙一时间不知该如何是好，她回过头看向连恒，哪知一向嚣张的连恒突然就傻在了当场。沈橙橙只好又转过头去，却发现夏颜已经走了过来。

"橙橙，你怎么……"话还没说完，夏颜突然看到了一边的连恒。她皱起了眉头，一时间有些犹疑。虽然，她不会怀疑沈橙橙和连恒，但是，突然见到此人，还是觉得很奇怪。

沈橙橙刚刚准备开口解释，坐在她对面的连恒突然站起身来，他甚至都不给在座的人思考时间，就那样夺路而逃，往外冲出去的时候，把咖啡厅的门摔得震天响。

两人愣了半晌，还是夏颜先开了口："那什么，刚刚是什么情况？"

沈橙橙也不知道，她一脸茫然，摇了摇头。

"你怎么会跟他在一起，小心晚上回家遇到林唯一，他嗅到你身上有别的男人的味道，头一个扑过来咬死你。"夏颜说。

夏颜这话，明显就是把林唯一当了狗。不过沈橙橙也觉得这形容十分贴切，忍不住笑出声来。

"你还笑！"夏颜瞪她。

沈橙橙笑了好一阵，这才招呼夏颜落了座。她将连恒的饮品摆到一边，这才留心到夏颜的视线也落在那杯饮品上。她故意板起脸，说："怎么，很好奇？"

"这样吧，你再卖关子我就代替林唯一咬死你。"夏颜说。

虽然，夏颜总是装出一副大大咧咧的样子，但实际上还是将很多的细腻情感深埋在内心。她的情感需要深度挖掘才能被人看见。不在表面，并不代表没有。

对于夏颜，沈橙橙还是懂得透彻。

"好好好，我告诉你。"沈橙橙说。

大概是连恒突如其来的出逃打破了沈橙橙的心理瓶颈，对于她和连恒成了"兄妹"这事，沈橙橙也能毫无芥蒂地说给夏颜听了。

知道了沈橙橙和连恒的新关系，夏颜杵着下巴想了很久，最后送了沈橙橙两个字："狗血。"

沈橙橙翻了个白眼："我平白无故被强压一头，你还是我前嫂子呢，咱们可不是亲上加亲？"

这回倒是轮到夏颜翻她白眼了。

两人互损一阵，沈橙橙这才问："夏颜，你还喜欢连恒吗？"

这句话声音不大，但字字清晰。夏颜愣了一阵，想了很久才说："我也不知道。"

夏颜很少有不知道的时候，她向来主意比天大，从来没什么不确定事情。即使是大事，她也能好好处理。

但感情方面的事情，绊住的不仅仅是头脑，还有心。没人能够逃离这种心的鲁钝。

"那就是喜欢了？"沈橙橙问。

当她说出这话，夏颜奇迹般的没有反驳。她的脸上出现了一种奇异的茫然感，像是隔着一层雾，让人怎么都看不清。沈橙橙瞧了又瞧，也不知该如何形容夏颜的神情。

不是脆弱，也不是伤感，更像是一种怅然若失。她仿佛知道过去不可追，但依旧陷入了一种怪圈。

越是不可触碰，越是想要追回。人就是这么奇怪，越是得不到，就越想要。但真正将其握在手里，又觉得满是斑驳，不想要了。

沈橙橙轻声叹息，夏颜被吸引了注意。她看过来，问："你这气叹得，什么毛病？"

"我在替你叹气，一看到连恒，就不知道自己本来是要来干嘛的了，平白坐了两个多小时，就是为了知道他的近况？"

被沈橙橙这么一说，夏颜可算是反应过来了。她大叫一声："对啊，我今天约了人的，天哪，现在几点了？"

沈橙橙摇了摇头，这厮终于回过神来了。

夏颜走之前，问了沈橙橙一句："你最近见过苏莫青青了吗？她在干嘛啊，最近神神秘秘的。"

"她啊，还是最近不要打扰她了。我怀疑她在追男生。"沈橙橙说。

"你说什么？"夏颜突然提高了声调，接着又回过神来，小声问："怎么回事？"

"上次我去权佑的桥之中，看到苏莫青青和权佑聊得正欢。后来，我旁敲侧击地问过权佑，苏莫青青最近好像去得挺勤的。而且权佑不看店的时候，她还积极主动地约着权佑一同出门吃饭看电影。"

　　"好个苏莫青青，平常都不约我们，这会儿倒是主动约起男人了。"

　　夏颜佯装愤怒，嘴边还挂着笑。

　　"是啊，见色忘友，该打。"沈橙橙附和道。

　　两人笑作一团，没一会儿，夏颜主动说："其实，权佑还是很适合她的。长得好看，温柔，心细。"

　　"主要是气质很好吧，你想说。"沈橙橙说。

　　"哈哈，是是是，气质好很关键！"夏颜笑着说。

　　没过几天，连、沈两家便正式成为了一家，四个人终于住到了一起。

　　住在一起的这段时日里，就像印证她的哥德巴赫猜想一样，连恒果然是个很乖戾的人。他好像住在荆棘丛林，而且还是瘴气丛生的那种。沈橙橙偶然一次进过他的房间，黑色的窗帘阻挡了所有的阳光，空气中弥漫着一股松树和檀香混合的味道，黑麻麻的一片，简直就像个异世界，她根本怀疑对方跟他不处在同一个世界里。

　　她很想把这一切都告诉夏颜，对夏颜控诉一番连恒到底是个多么可怕的人，他的斑斑劣迹简直就是罄竹难书，而且还有少爷脾气，讲话刻薄得尖锐如刀……

　　就是这样的人，沈橙橙根本想不到夏颜会喜欢他的理由。夏颜那么骄傲，居然肯为了这样的人放下自尊放下一切，委曲求全成这样之后，还被他甩了。

大概这就是爱吧，就像连恒所说，这是没有理由的。

这一天，沈橙橙和林唯一约会完，林唯一将她送到楼下。她站在那里等电梯，突然，有个黑影从她身后窜过，还带着一声重重的"砰"。她吓了一跳，赶紧退开，双手还掩着自己的嘴，生怕叫出了声来。

"胆子这么小还敢这么晚回来，"那个黑影取下了一直戴在头上的帽子，"是我，连恒。"

沈橙橙才看清楚了，原来是连恒穿着一身黑色，抱了个篮球站在她的旁边，刚才那一声巨响，是篮球砸到地面发出的声音。

她不禁搓了搓自己身上乍起的鸡皮疙瘩，低声骂道："你知道现在几点了吗，穿得跟个蝙蝠侠似的到处乱跑，你以为自己是去为民除害啊！"

连恒"噗"的一下轻笑出声："你别忙着讽刺我，先止住了你那抖得跟筛糠一样的手再说好么？"

沈橙橙有点生气，她用力攒了攒自己的拳头，想要克制住自己的过激反应，但这根本是无用之功。该发抖还是在继续发抖，简直没有任何好转。

连恒突然伸手将她的拳头包覆在自己的手里，用力捏了几下。沈橙橙来不及反应，等到她觉得疼的时候，连恒早就松开了手，将脸侧到了一边偷笑。

沈橙橙一边揉着手，一边悲愤地喊："你有病啊，这很痛你知不知道！"

说话间，沈橙橙想要伸脚去踩他的鞋子报仇。

"我鞋子很贵的，你不要乱踩。"看到沈橙橙的举动，连恒一下慌了神，两个人在电梯里面就这样你追我赶的，还伸着手相互挠来挠去，生怕对方近身。

两人追进了屋子，扭打了一通。连恒还在咆哮："我鞋子很贵的，等了三个月才等到。刚刚溜下去打球就是因为这会儿没人，我就是怕有人像你一样，想要借机踩我几脚。"

听到这话，沈橙橙觉得这人幼稚得可以，但与此同此，她又想出了一个绝妙的主意。

这时，她做出了一个起跳的姿势，飞身一跃，双脚踩到了连恒那双宝贝篮球鞋上。

对方惊异地睁大了眼睛，脸上还挂着不可置信的表情。等到他还没有反应过来时，沈橙橙一溜烟回到房里，把门反锁起来了。

连恒怕惊醒家人，只得轻轻地敲了敲她的房门道："沈橙橙你给我等着，君子报仇十年不晚，别落把柄在我手上。"

这么凶？站在门板背后的沈橙橙不寒而栗，她决定先给夏颜打个电话报备一下，防患于未然。

没过两日，连恒主动敲开了沈橙橙的房门。那是一个上午，连恒敲门进来之后径直拉开了窗帘，"唰"的一下，金光铺满了整间屋子，连墙纸上的描纹都闪闪发光。

沈橙橙还缩在被子里面没出来，她伸手将被子拉得老高，恨不得要把整个人给埋起来，嘴里还止不住地嘟囔："把帘子拉起来，我还没醒……还没醒。"

"我有点事情要跟你说。"连恒毫不客气地一把掀开了她的被子，让她的脑袋露在了外面。沈橙橙惊叫着，赶紧将被子裹住了自己的身体，然后，偷偷伸手拉了拉快要卷到脖子处的睡裙，脸上飞起了红晕。

"醒了？"连恒的声音有点低沉，他非常不客气地坐在沈橙橙的床上，"我说过报仇不晚，你猜我昨天看到了什么？"

"我哪知道。"沈橙橙没好气地说："下次麻烦等我说让你进了你再进来，你这样很没有礼貌，你知道吗？"

"礼貌也比不过我要跟你说的消息重要。"连恒冷冷一笑，"你现在是跟林唯一在一起？"

沈橙橙点了点头，表情有点疑惑。她歪着脑袋表示不解，目光直直看向连恒。

"昨天晚上，和朋友出去吃饭的时候，我看到他了，林唯一和另外一个女生在一起，两个人举止还挺亲密的。重点是，那个女生比你好看很多。"

说完这话，连恒的脸上出现了一种罕见的微笑，又像是得逞又像是怜悯。那样奇异的表情，让沈橙橙有些不寒而栗，她搓了搓自己身上乍起的寒毛，又往被子里缩了一点。

"怎么，听到这个消息不是应该立即打电话吗？"看到沈橙橙有些呆滞的表情，连恒又有些不满了。

"为什么要立刻打电话，我身边还有个你呢，难道林唯一看到我和你在一起就应该立刻给我打电话吗？简直不合乎逻辑。"沈橙橙回答。

"你别现在跟我强装大度，转过头去又偷着哭。"连恒说。

"我为什么要偷着哭，难道有人这样做过？"沈橙橙立马问到。

连恒被戳中心事，他狠狠地瞪了沈橙橙一眼。沈橙橙福至心灵，突然问："是夏颜？"

提起夏颜，连恒的脸上终于显露出了和刚才不一样的表情。他的模样有点怀念的意思，脸色也变得温柔起来，好像陷入了回忆。

沈橙橙抱着腿看着连恒，他可真是个怪人，实在让人受不了。一会儿正常一会儿离奇，你永远料不到他下一步会出什么险招，连让人招架的余地都没有。

虽然，林唯一的事情让人挂心，但是，眼前的连恒，却更想让沈橙橙一探究竟。

她按捺住好奇，淡淡地问："那你又是为什么要告诉我林唯一和另外一个女生在一起呢？如果不告诉我任他们发展，到最后我和林唯一分开了，那才是最大的报复，不是吗？"

听到这话，连恒撇了下嘴："我什么时候说了这是个报复，我只是不想对你觉得抱歉而已。"

沈橙橙愣了一下。这人什么时候变得这么有良心了？她疑惑地瞪了连恒一眼，可能是那个眼神里藏了太多的内容，还流露出了审判的意味。

而连恒却在这个时候恼怒起来道："这有什么好不信的，我当年……"

沈橙橙以为连恒会说点什么，可连恒却没把话说完，他站起身来，愤愤地瞪了她一眼，便摔门而去。

力道之大，让沈橙橙挂在门后的玩偶"啪"地一下掉落在地上，孤独地滚了两圈之后才停了下来。

等他走了之后，沈橙橙才爬了起来。就像连恒所预料的，她真的很想给林唯一打个电话过去，但又觉得是自己太多心了。

对于林唯一，沈橙橙有信心。他和乔意可不一样，他是特别的。

还没等沈橙橙找上林唯一，她去公司上班时，就被乔意可找上了。中午，大家都准备吃饭，只有她一人留在办公室。这时，乔意可突然推门而入。

她抬头看到了他，问："你是来找李果的吗？"

"找你的，有事。下午给你请了假，你陪我出去一趟。"乔意可的口气不由分说，动作也果断。他胡乱帮她整理好背包，就把她拉出了办公室。等电梯的时候，李果正好从休息室出来。她看到乔意可，连忙叫住他："乔意可，晚上一起吃饭呗？"

"没空！"乔意可凶巴巴地吼了一句，就把沈橙橙直接推进了电梯里。

"凶什么啊。"李果抱怨，又忍不住看了沈橙橙一眼。

其实，对于沈橙橙，李果是不讨厌的。但刚一来的时候，她的确是想为难一下她。不为别的，就是想给乔意可出出气。

不过，一开始沈橙橙轻巧的像四两拨千斤，让李果觉得这个女生并不是看起来的那样乖顺和善良。沈橙橙的"乖"，是在一个范围里的乖巧，并不是像乔意可曾经给她形容的那样"无脑"。

经过这段时间的相处，李果觉得，沈橙橙是有脑子的，而且还很聪明。同时，她也察觉，沈橙橙现在已经不喜欢乔意可了。死缠烂打的，只有乔意可一人而已。

从那之后，她便暗暗改变了态度。乔意可是她的朋友，但是，她也不能不分青红皂白，一味去维护着本来就不占理的乔意可。

这厢，沈橙橙被乔意可带了出来并塞到的士上，在他给司机报地址时，沈橙橙听得清楚，那是他曾经爱去的游乐园。

只要遇上什么无法解决的事情，乔意可就爱去游乐园。他不是坐过山车，就是坐跳楼机。正常人顶多玩个一两次，乔意可不一样，他上去就是五张票，来来回回能把人折腾到吐。这种解压方法沈橙橙体验过一次，解压是解压，主要是上去来回个几次，什么都忘了。

大概这次，乔意可又遇上什么麻烦了吧。

这一次，也不例外。他一口气买了十张跳楼机的票，不由分说地拉着沈橙橙就上去了。

那样的阵势还真是颇为骇人，当他把一把票塞到检票员手里的时候，对方还问了他一句："你们这是几个人？"

"两个人，五次。"乔意可说。

沈橙橙虽然不怕坐跳楼机，但连续五次，还是正常人承受不了的。乔意可就是乔意可，五次下来，他连脸色都没变，只是说了很多让沈橙橙难以置信的话："我头一次感觉到自己这么没用，公司的事情处理不好，学校的事情也搞了个半吊子。别人都知道我有个好爸爸，但是，他们都没看到，我每天起早贪黑忙得像狗一样的生活。我最近的睡眠时间甚至没有超过四个小时的时候。以前都是我当大爷，现在我改装孙子了。我如今才知道，赚钱果然不是一件容易的事情。

"沈橙橙你知道吗，当你来公司上班的时候，我有多开心，我恨不得每天都要找借口去你办公室那边晃悠。我现在也不怕告诉你，那段时间是我最开心的时候。

"你知道我刚出国的那段时间，几乎是天天都在想你，甚至每天做梦的时候都会梦到你。我捏着电话不敢打，就他妈那么拿了一夜。

"我简直有太多话想说，但是，我总是说不出口，现在也不怕告诉你。我还喜欢你，我一直喜欢的人只有你。虽然，有些事情太无奈，还有些事情我不能说。但是，我还是希望你能知道，我喜欢你。

"不过我就想不明白了，为什么你会喜欢林唯一，为什么你会跟他在一起？"

最后一句，他几乎是吼出来的。沈橙橙错愕地转过脑袋，两人的视线一经对上，她这才发现乔意可的眼睛里带着不同于平时的潮红，眼眶都晕染上一抹粉色。

他可是乔意可啊，曾经最为意气风发的少年啊。沈橙橙一度以为没有任何事情能让他低头，但今天看来，是她错了。

而且，错得离谱。

她根本没想过乔意可会说出如此低声下气的话，甚至连两人交往的时候，乔意可都没舍得说上一句喜欢她的话。

但这些都无所谓了。

在她的眼里，乔意可一直都是那个最潇洒的人。甚至是沈橙橙，都舍不得让他受到一点儿委屈。即使她觉得他霸道，有时候蛮横无理。但是，她也知道，乔意可是个很单纯的人，他没有一点儿坏心思，他的霸道，有时候也是出于爱。

沈橙橙被他的话搅得浑浑噩噩，即使是从游乐设施上下去之后被乔意可牵住了手，她也没有知觉。只是任由着他牵引着。

两个人走出跳楼机，踏上了大路。沈橙橙的心思还在乔意可刚刚的话上，没有注意迎面而来的人。哪知这个时候，有人一把将沈橙橙的肩膀握住了。那人冲着她大喊了一声："沈橙橙！"

沈橙橙这才回过神来，她的眼神对上来者，心跳不自觉地加快了。

“林……林唯一？”

除他之外，沈橙橙看到，他的身边还跟着一个女生。好在连恒曾经跟她打过预防针，要不然她肯定当场就傻了。

乔意可率先反应过来，他似笑非笑地看着林唯一，说：“林大公子怎么有空带着青梅竹马来游乐园玩儿？不是原来最不齿这种地方的吗？”

“青梅竹马？”沈橙橙皱了皱眉，一脸疑惑地看向乔意可。乔意可对沈橙橙的反应感到满意，他慢斯条理地说：“这位不就是林唯一曾经青梅竹马的小姐姐王璇嘛，我是乔意可，不知道璇姐姐还记不记得我。”

林唯一立即高声反驳道：“乔意可，你胡说什么？”

“我有没有胡说，你自己心里清楚。”乔意可转过头，对沈橙橙说：“他有跟你说今天要出来吗，他跟你说过王璇吗？肯定没有吧！”

“乔意可，你给我住嘴！”这一刻，林唯一眉头紧皱，甚至脸都红了。沈橙橙看着林唯一，对方更是慌了手脚。林唯一想要解释，又不知该从何说起。他慌忙说道：“橙橙，不是你想的这样！”

“我……还什么都没想呢。”沈橙橙说。

林唯一又是一阵窒息，却不知该说什么才能解决眼下的焦灼。

沈橙橙转过目光，看向林唯一身边的人。那个女生果然如连恒所说，长得确实好看。沈橙橙暗想，连恒这人虽然古怪，但是，言语还是中肯的。

可就是这样，沈橙橙的心里也没有半分的不安。她觉得这样的反应很独特，忍不住伸出手摸了摸自己的心脏。

真的很平静，仿佛古井无澜，即使是投下了名为“王璇”的这颗石子，居然都无法在她的心里激荡出半点涟漪。一时间，沈橙橙有些不明白，自己这样的反应到底是因为不重视林唯一，还是对林唯一太放心。

她相信一切事出有因，林唯一没有提前告诉她，肯定是有个说法的。但是，眼下乔意可和林唯一碰上，只能把事情越搅越乱。沈橙橙也不知道为什么这对朋友会搞成眼下这副局面，但是，不管如何，现在还是要把问题解决了。

于是，她当机立断，对乔意可说："我们先走吧，我累了，找个地方坐一下。"

其实，她的本意是想把最大的难题给劝走。她选择放软态度跟乔意可说话，是因为他好哄，而且他最不理智。

哪知沈橙橙想错了。她的话音刚落，林唯一就咆哮起来，他也不分场合，不管态度，只是一味地喊："沈橙橙，你敢走！"

吼完之后，林唯一视线下挪，他看到了乔意可和沈橙橙交握的双手。两个人的手是那样地契合，十指相扣，简直就是一种炫耀。

自从和沈橙橙交往后，林唯一心头的不安一点点被沈橙橙的举动给冲淡了，他甚至快忘了第一次看到乔意可和沈橙橙在一起的时候是个什么感觉了。

但是，现在，林唯一又回想起来了。

那种感觉名为嫉妒，对他来说，是发了疯地嫉妒。靠近太阳穴的血管在轻微地震动，呼吸也不自觉地急促起来。他空着的右手已经捏成了拳头，眼睛里甚至涌现了血丝。这样的暴戾，和平常的林唯一简直判若两人。

沈橙橙注意到了林唯一的手，她连忙伸手想要拦住林唯一，哪知这时候的林唯一更加生气。他像一头负伤的野兽，兀自在原地打圈，最后居然无助地蹲下身子，痛苦地抱着脑袋，一动也不动。

为什么连这个时候，她要护着的人也是乔意可，她为什么要拦下自己，她是不是怕自己伤了乔意可？

林唯一狠狠地揪着自己的头发，他觉得他快疯了。

站在一边的王璇立刻蹲下来安慰林唯一，林唯一置若罔闻，只是盯着地面，眼里一片混沌。

沈橙橙和乔意可都是第一次见到林唯一这副样子。他向来讲究形象，在这样的大庭广众之下如此失态，是从未有过的事情。

王璇听到林唯一一直在小声地念叨着一个名字，凑得近了，她终于听清了他的声音。林唯一念着的是沈橙橙。

"沈橙橙，沈橙橙！"王璇抬头，冲着呆立在一旁的沈橙橙喊。

沈橙橙愣了一下，立即走到林唯一身边。乔意可也凑了过来。

老实说，乔意可见过很多种样子的林唯一，但是，脆弱到这种地步的林唯一，他是头一次见。他有再多的愤恨和不甘，终还是敌不过好友的失态。他确实想激怒林唯一没错，但是，他不想看到林唯一这副模样。

况且，一开始，是乔意可先下手为强的。他实在没有想过，沈橙橙对林唯一，居然有如此的影响力。

想到这里，乔意可很干脆地推了沈橙橙一把，他对沈橙橙说："你去劝劝他，我把王璇带走。"

沈橙橙点头，忽而又想起了什么，说："可是你……你今天是遇到了什么不开心的事情吗，你还没来得及跟我说。"

沈橙橙的敏感出乎了乔意可的意料。他有些诧异地微张着嘴，心里有股暖流注入。

是了，这就是沈橙橙。不论对她多坏，她总会念着他的好。

傻子一般。

乔意可伸手，揉了下她的脑袋道："不重要了，下次再说。"

沈橙橙去拉林唯一，他却一次又一次甩开她的手。他固执地蹲在地上，根本不想搭理她。

林唯一突如其来的偏执和顽固让她十分诧异，虽然不解，心里却暗暗有些难受。她不知该如何是好，放眼看下，四下都有人在围观他们。她蹲下身子，凑到林唯一旁边，轻声说："唯一，我们回去好不好？"

她将林唯一拉了起来。他抬头，眼里的绝望深深地震慑了沈橙橙。她的心脏猛地缩紧，像是被人重重捏了一把，立即变得四分五裂起来。

林唯一的不言不语对她来说像是一种无声的审判，她一阵心悸，只觉得刚才做错了很多事情。

明明知道他的心结，她偏偏要先劝乔意可；明明知道他对乔意可有敌意，她偏偏站在乔意可的身边。

如果硬要说，可能是她也看不惯林唯一身边站着别人。这是来自她的小小报复。

但是，她显然没想到，报复的结果出乎意料。她从未预料，原来她在林唯一的心中有着如此的地位。

两人沉默地对峙着，林唯一咬着口腔内壁，用力之大，竟让他自己尝到了满嘴的血腥味。他看着惴惴不安的沈橙橙，想要怪罪，心里却先原谅了她。

没办法，他对沈橙橙永远狠不下心来，即便是他再生气，也没办法对她发火。

沈橙橙伸手，轻轻抚上林唯一的脸，小声说："不是你想的这样。"

言语间，有几分小心翼翼。

不知怎么地，林唯一总觉得她是要为乔意可辩解什么。

他侧过脑袋，小声而迅速地说了一句："我不想听。"林唯一的脸上流露出隐忍且别扭的表情，实在是罕见。

沈橙橙轻轻拽了拽他的袖子，他看了沈橙橙一眼，眼里的压抑让她张不开嘴。

她试探着问了一句："林唯一，想不想聊聊？"

林唯一迅速而又果决地摇了摇头。

沈橙橙叹了口气，也是，林唯一正在气头上，聊什么都不太好。她想了想，说："那这样吧，我先送你回家，等你想和我说话的时候再给我打电话。多晚我都等，好吗？"

林唯一没点头，沈橙橙就攀上了他的手臂。她一下一下轻轻地拍着他的手背，像是无声的安慰。

两人走到路上，沈橙橙伸手拦车，她一路陪着林唯一回了家。路上，她小心翼翼地端详着林唯一的表情，虽然没说话，但关心却溢于言表。

等到林唯一回到家后，沈橙橙深深叹气。她用力拍了下自己的额头，自言自语道："今天发生的都是些什么事儿啊。"

虽然，这样感慨着，但她依旧没停下来。她坐上回家的车时，发了一条冗长的信息给林唯一，解释了一通今日和乔意可两人的来龙去脉。

敲完最后一个字，她只觉得身心俱疲。乔意可就像是横亘在她和所有人间的幽灵，时时刻刻扰得人不得安宁。

她回到家后，才把那副强装欢笑的表情给卸了下来。

走出房门来到客厅的连恒被她凝重的神情吓到了。他满腹疑惑地看着她，忍不住问："你出门，被狗屎砸了脸吗，怎么表情能臭成这样？"

很明显的，她对于连恒这样的玩笑无动于衷。她连眼皮都没有抬一下，像丧尸一般往房间里移动。连恒跟在她的身后，小声地问："你遇到林唯一和别的女人在一起了？"

听到这句话，沈橙橙猛然回头，盯着连恒看了半天，表情明显是有话要说。

连恒却突然大笑起来，一脸奸计得逞的模样。他笑过后，这才说："怎么，林唯一果然是有女人了，看你这副样儿，你也知道那个女人比你好看很多吧。"

沈橙橙听得出来，连恒的声音里有止不住的嘲讽。

这时，她突然明白了，林唯一看到她和乔意可站在一起的心情。她的心不可抑止好像被一只手给揪了起来，重重捏住，又忽然放开。

那种打从心里蔓延而出的绝望，忽然间席卷了她的四肢百骸，连手指的角角落落都被那种感觉给攫住，无法逃离开来。她有些怀疑自己，真的配得上林唯一吗？

其实，这个问题她在很久之前就想过，但是，今时不同往日，今日是确确实实出现了对比。那样的对比太过刺眼，实在是让她无力招架。

也许他们自认为是相配的，但总有人觉得别人更登对。

就这样来回好几次之后，沈橙橙掩着自己的心口，大口大口地喘着气，甚至连眼泪都落了下来。她蹲在地上，将脑袋埋在双膝之间，哭得不能自己。

她也说不出这种突如其来的悲伤寓意何为，更不能懂这些眼泪到底是为了自己还是为了林唯一。她唯一知道的是，她很想哭，想把体内的懦弱用眼泪冲刷出去。

连恒呆住了，他站在一角，眼看着她因为他的一句话掉出了眼泪。

"哭就算了，居然还哭得这么一发不可收拾，这到底是为了什么？"

他想了想，最后心底那点小小的愧疚将他调动。他拿了包抽纸递给她，她狠狠瞪他一眼，也不接那包纸，只是扯住了连恒的外套，在脸上擦了一把，鼻涕和眼泪都蹭在了他的灰色外套上。

连恒简直要疯了，他想甩开沈橙橙的手，但她那副可怜样，却又让他甩不开手。他忍无可忍地吼道："你怎么可以这么恶心，你还是个女人吗？"

听到这话，沈橙橙"噗嗤"一声，又笑开了。笑笑哭哭之间，沈橙橙都觉得自己快要神经了。

连恒叹气："算了，你随便擦吧，这衣服我准备扔了。"

他蹲下身来，伸手摸了摸沈橙橙的脑袋道："你想哭就哭吧，哭够了就好了。"

两个人蹲在家里的角落，一个嚎啕大哭，一个小心安慰，看起来还真像兄妹。

等沈橙橙哭累了，她抬起头来，一张脸完全成了花猫。她对连恒说："我饿了。"

模样极其无辜，口吻极其真挚，简直没办法不管这个麻烦精。

连恒只好站了起来，对她说："你去洗个脸换个衣服，我去做饭。"

沈橙橙啧了一声，带着浓浓的鼻音对他说："你也要去换个衣服，我不想在饭里吃到我自己的鼻涕。"

她拿了衣服去洗澡，出来时，朦胧的雾气让她看不清路。脚下一滑，她差点摔倒。

沈橙橙蹲了下来，看到自己的脚边有一个药瓶，上面的标签已经被人抠掉了一些。她举着瓶子看了又看，突然想起了什么。

这个瓶子，她之前在打扫连恒房间时也看过，瓶身标签用黑色的碳素笔涂掉。之前她还以为只是连恒的习惯，但再次看到，她忍不住多想。

她换好衣服，偷偷溜去厨房看了看，连恒正背对着她站在炉灶前面炒菜。见状，她决定冒险。她想再一次潜入连恒的房间，一探究竟。

连恒的屋子还是一如既往的黑，沈橙橙进屋的时候差点被绊倒。好在她及时蹲了下来，才没有发出太大的动静。

她又一次摸到了书桌前，笔筒后放着药瓶。那瓶药的标签还没来得及抠掉，她用手机一搜，发现药名是抗抑郁的。

此时，她突然明白了这是连恒的秘密。她紧张得直吞口水，手心都忍不住冒汗。

正在这个时候，房门突然被打开，门外的光刺眼，沈橙橙来不及放下手里的东西，就被捉了个现行。

连恒怒气冲冲地走过来，一把夺过了她手里的药瓶，高高扬起的巴掌迟迟没有落下。他站在那里，呼吸粗重，喷出来的鼻息直直打在沈橙橙的额头上。

沈橙橙忍不住发起抖来。

两人僵持了半天，连恒的手放了下来。他累得坐在了地上，双手抱着脑袋蜷缩了起来，低声说："你发现了是不是……你发现了是不是……"

那样的低声呢喃有些让人心碎。沈橙橙也蹲下来，两个人在黑暗里都缩得小小的。

"我不能和夏颜在一起，我不能害了她……我真的不能……"

他的呓语在这个时候显得格外的可怕，沈橙橙隐约知道了原因。但是，她又不敢妄自揣测，毕竟连恒这种人，绝对是不按常理出牌的。

"我知道了什么……你有抑郁症？"她说了出来，话音落下时，还忍不住抖了一下。

黑暗中，连恒轻轻"嗯"了一声。沉默良久后，他又小声说："抑郁症并发狂躁症，这件事情我不敢告诉我妈，我怕她担心。"

沈橙橙知道他说这话的意思，就是要她也不要说。她点了点头，连恒不放心伸地出了手道："我们拉钩，也算是一个承诺。"

他的手很冷很冰，两人的小拇指勾在一起的时候不自觉地让沈橙橙打了个冷颤。这个时候，她突然想到了蛇。她觉得用蛇来比喻连恒真的是再好不过了。阴晴不定，总是蛰伏起来把自己隐藏得很好，永远都是理智的旁观者。

连恒直勾勾地盯着她，缓缓说："这件事情只有我们俩才知道。"

她缓缓点头。

两个人站了起来，齐齐往门外走去，对于药的事情，他们默契得缄口不言。

沈橙橙已经记不清这是这段时间以来，发生的第几件事情，她只觉得在这段日子里，好像有不少事情发生。好的坏的，跟她有关的跟她无关的，事情太多了，数也数不过来。

就像是上天给了人很多考验，而且从来不顾及接受试炼考验的人们到底能不能接受这些严峻的现实，反正一股脑的全部塞了下来。

学会接受考验，是所有人的必修课。

那天夜里，沈橙橙辗转难眠，她想了一夜乱七八糟的事情，却不知道那些头绪该如何打理。

她想把连恒的事情告诉夏颜，却又想起连恒恶狠狠的警告；她想给林唯一打电话，却害怕被他拒接。

太多太多的烦恼堆砌起来，让沈橙橙一夜未眠。

第二天，天色微亮，沈橙橙便爬了起来。她洗漱完毕，就离开了家。

外面还是蒙蒙的蓝光，路灯还没熄，早上的寒气尚在，她忍不住缩了缩脖子。

她走到马路上，有一辆空车疾驰而来，她慌忙招手，拦下了那辆车，给司机报了地址。司机大概刚下夜班，声音有些朦胧："小姑娘大晚上忙什么呢，现在才回家。"

沈橙橙笑了笑："不是，去找朋友。"

"找朋友要这么早的？"司机有些惊诧。

她没再回话，兀自捏着手机，心里忐忑而反复。她不知道这样贸贸然跑到林唯一家门口是好还是不好，但她知道，有很多事情，都需要解释开来。她需要把自己的感受告诉林唯一，打消他那些莫须有的疑虑。

如果一段爱里，两个人都相互猜忌，那这样的恋爱，根本没必要继续下去。沈橙橙想，她要变得强大而优秀起来，强大到去忽略每一道质疑，专心致志去爱林唯一。

想通了这一点，她居然觉得浑身轻松起来。

车至林唯一所在的小区，沈橙橙往里走了几步，门口的保安看着她，突然就笑开了。他对沈橙橙说："你是林唯一的女朋友吧？"

沈橙橙不明所以，点了点头。

那个保安笑得更开心了。

"那个傻小子，谈了个恋爱恨不得全世界都知道了。哎，也是不容易。"保安说。

沈橙橙笑了笑，心里更是歉疚。保安给她开了门，她道谢后，快步往林唯一家的方向走去。

虽然，到了楼下，但她却不敢贸然上去。她捏着手机，犹豫再三后给林唯一发了一条短信。接着，就是漫长的等待。

等了半个多小时，小区好像苏醒了过来，有居民开始走动。

不断有人往她的方向投来目光，而她巍然不动，依旧望着林唯一家的窗口。

又等了不到十分钟，她的手机突然响起。她接了起来，电话那边的林唯一有些慌乱地问她："你是不是在梦游？"

哪知听到这话，沈橙橙突然用右手放在嘴边做喇叭状，大声对着眼前的那栋楼喊了一声："林唯一！"

她的话音刚落，电话里就传来一阵"噼里啪啦"的声响，随即窗户被打开了，沈橙橙眯着眼睛看上去，看到一个黑乎乎的脑袋探了出来。

"别喊，我爸妈还没起床！"

电话里传来了林唯一压抑的声音，听起来似乎有点紧张。但沈橙橙却忍不住笑了，心想，还是这样的林唯一比较可爱。

"那我上来敲门咯？"沈橙橙坏笑着说。

"你敢！"林唯一压低声音说。

"怎么不敢，我现在就上来。"说着，沈橙橙真的往门栋走去，林唯一一时间慌了手脚。她摁开电梯门，林唯一在电话那边说："我给你开门，你小点声，溜进来。"

一到林唯一的家门口，沈橙橙便看到了虚掩着的门。她走进去，便看到了穿着短裤短袖的林唯一。而林唯一一见到她，瞬间紧张得连手脚都忘记该怎么放了。

他压低声音，说："你先去我的房间，我来关门。"

沈橙橙脱下鞋子，往楼上走去。林唯一关好门后，拎着沈橙橙的鞋子飞快地跟了上去。说来也巧，沈橙橙刚刚走上二楼，一楼房间的门就被打开，林妈妈的声音就传了出来："林唯一，我刚才好像听到有人在叫你。"

"听错了吧。"林唯一将沈橙橙的鞋子藏在身后，假装镇定地说。

"你今天怎么起这么早？"林母又问。

"下来喝水，现在准备上去再睡一下。"

若是仔细看去，林唯一其实是很紧张的，他的额头上已经沁出了点点汗珠，好在林母也是刚醒，没有发现这些微小的细节。

“去吧。”林母挥了挥手。

林唯一如蒙大赦，连忙往楼上跑去。哪知这个时候，林母又喊了一声："唯一！"

他是真的差点被吓出心脏病来了。

第九章

我们要
相互亏欠

林唯一回头，看向母亲。他妈说道："要是有小女朋友了记得带回家里看看，你看意可都有女朋友了，赶紧的，你也别落人后。"

　　听到这话时，林唯一脚下一滑，差点把沈橙橙的鞋子给扔了出去。他背对着母亲站了良久，最后挤出一句话："妈，别瞎操心，我自己的事情自己知道。"

　　说完后，林唯一便走回了自己的卧室。

　　他刚一开门，便听到了细微的惊叫声。等到他走进去时，这才发现是沈橙橙趴在门口偷听他们刚才的谈话。林唯一又好气又好笑道："有你这样的吗？"

　　沈橙橙右手食指压在自己的嘴唇上轻轻"嘘"了一声："你妈妈还没睡呢，难道你要跟她解释你是在自言自语吗？"

　　沈橙橙狡黠地眨了眨眼，林唯一却为她这样的小动作着迷。她的一颦一笑如此生动，真是让人难以抵御。

　　林唯一将她的鞋子放在一边的脚踏垫上，接着伸手用力搂住了她。

　　他的胸膛宽厚而温热，沈橙橙靠上去的时候，只觉得有无限的暖意将她包围。沈橙橙伸手，环住了林唯一的腰，并将脑袋深埋在他的胸口，小声问："昨天发给你的长篇大论看了吗？"

"写得跟论文似的，还举例说明一二三。"

说话时，林唯一的声音里潜藏笑意。

沈橙橙的脑袋使劲儿在他的怀里钻了钻，又问："你还生气吗？"

"从来就没有生气，只是觉得昨天自己太丢脸了，不知道该如何面对你。哪知你又发了那么多内容来解释，想生气也没办法生气了。"

林唯一伸手，用力揉了揉沈橙橙的脑袋。

昨天，回到家后，林唯一是后悔的。特别是他一想到沈橙橙那样小心翼翼的眼神，总觉得自己会把她越推越远。

他不该无端地猜测和衡量她的动机，更何况，他选择了相信沈橙橙，就应该相信她到底。正在他被那些纷繁芜杂的念头困扰时，沈橙橙发来了一条消息。

内容太长了，他拖了好几下才看到了最底端。在最开头的时候，沈橙橙写到："其实，我本来想给你打电话，但是，怕你不接。想当面跟你说清，又怕你心情不好。但是，这种误会不能拖，我还是要给你解释清楚。"

在看到这条短信的那一瞬间，他心里的别扭就消失不见了。他真后悔自己为那些莫须有的事情庸人自扰，可转念之间，只要想到乔意可和沈橙橙站在一起，他心里就还是别扭。

太别扭了，他说不出那种感受，他希望自己的反常沈橙橙能懂。

沈橙橙悄然抬头，她看着林唯一的眼睛，问道："唯一，你还没给我老实交代，那个王璇是怎么回事呢。"

她的眸子清澈，眼睛黑白分明。眸光里的天真看得人心底荡漾，林唯一每次对上她的视线，都忍不住翘起唇角。

对着这样的眼神，谁也不舍得说谎。

他拉着沈橙橙在床边坐下，说道："王璇是我和乔意可从小玩到大的一个姐姐，后来因为她父亲的工作调动，他们一家人就去了其他的城市。这会儿她正好在 A 市找了工作，便提前回来看看，顺便也回来看看我。"

听到这话，沈橙橙忍不住眯了眯眼睛。她说："哦，王璇跟你和乔意可一起长大，最后回 A 市只看看你？"

沈橙橙话语里流露出的浓浓醋意，熏得林唯一心里一阵舒畅。他凑过去，在沈橙橙的唇上轻啄了一下，沈橙橙反应过来，推开了他道："好好跟我把前因后果解释清楚了，要不然不许亲我！"

说话时，沈橙橙目光闪闪，一张小脸绯红一片。林唯一爱极了她这副模样，恨不得将她揽入怀中，再也不让别人看见。

不过沈橙橙发话了，林唯一还是该好好解释一下。他坐直身子，对沈橙橙说："倒不是王璇不主动去找乔意可，是因为有些事情她想要跟我商量。"

"关于乔意可的事情？"沈橙橙立即反应过来。

林唯一看着她，忍不住轻声叹息。沈橙橙总是这样，有时聪明有时糊涂，他永远分不清沈橙橙是真单纯还是偶尔犯傻。但是，对于乔意可的事情，她一向估计得很准。

他点头。

"什么事？"沈橙橙急切地追问。

"喂，喂，你这么急切地问另一个男人的事情，你有考虑过我的心情吗？"林唯一半是玩笑地说。

　　想到昨天的他，沈橙橙马上噤声。她掩住了自己的嘴，好一会才说道："对不起，我以后一定会注意的。但是，乔意可是朋友，所以，对于朋友的事情，我有时候总会关心。"

　　她一本正经的解释让林唯一很受用。他知道，沈橙橙是在意他的，他再也不会去多想什么了。

　　"是关于冯安妮的事情。"林唯一说。

　　听到这个名字，沈橙橙只觉得太阳穴"砰砰"跳了几下。

　　她是真怕听到这个名字。

　　林唯一说："王璇之前对乔意可的事情略有耳闻，之前她觉得是乔意可和我的问题，后来，她在 S 市偶遇了一次冯安妮，她觉得这个女生没有我们想象中的那么简单。"

　　"什么叫没有我们想象中的简单？"沈橙橙问。

　　"冯安妮一直在暗中和乔家的对手公司联系，上次王璇在 S 市就遇到了冯安妮，后来没过多久，王璇便听说乔家竞标失败，而对手却买下了那块乔家人想买的地。"林唯一说。

　　"什么？"

　　听到这话，沈橙橙一脸的不可置信。她无法相信一个年仅21岁的女生居然有如此深的心机，并做出这样的事来。

　　"我也问过王璇，我也觉得是巧合，可是随即发生的事情，却不得不让我多想了。"林唯一说。

　　"后来乔意可回国，入驻广告公司。只要是需要竞标的任务，三次中有两次必然落选。明明是准备十足，但最后都悄然流失，这不得不让人觉得古怪。

　　"乔意可也不是傻子，他当然派人查过，其实，他大概知道了是谁手下的，可他就是对那些资料避而不见，仿佛从未发生。

"公司就这样亏着，好在乔家主要盈利的不是这家公司，也没多大损失。只是乔意可总觉得自己技不如人，有些深受打击。

"这些都没有什么大影响，但是这次，王璇回到 A 市面试，竟意外撞见冯安妮和别的男人亲密地走在一起，搂搂抱抱都不算什么，最后还深情地拥吻。后来，王璇调查了一番，才知道冯安妮一直都在和这人交往。"

听到这里，沈橙橙震惊了。她忍不住问："那乔意可算什么？"

"跳板。"林唯一说："借用乔意可的愧疚做出更多符合她心意的事情，借用乔意可的人脉认得更多的人，借用乔意可手头的信息换来更多的钱。而且这一切，都是在乔意可默许的状态下进行的。"

"为什么？"沈橙橙有些激动地问道。

林唯一立即"嘘"了一声："我爸妈还没走呢！"

"抱歉。"沈橙橙赶紧压低了音量。

"为什么？因为，乔意可觉得对不起冯雷恩，就这么简单。而冯安妮一开始的动机就不单纯，从我第一次见她时，我对她就没有任何好感。她不像是同龄的女生，她的眼里有很多东西我都不能理解，可是我现在明白了，那些东西，名为算计。"

其实，林唯一很少在人后去议论人，特别是议论一个女生。他觉得这不是什么高尚的行为，甚至有些小气。

遇到冯安妮，林唯一也没有在她背后议论什么，只是偶尔提醒一下乔意可，不要和她走得太近。但是，乔意可却一身江湖气，总觉得自己好朋友的妹妹也应该连带照顾一下。哪知就这样给了冯安妮可趁之机。

后来冯安妮知道林唯一要乔意可不要跟自己走得太近，还特地来问过他："你是喜欢我吗，所以才介意我和乔意可走得太近。"

听到这话，林唯一这才知道，原来世界上有人自我感觉居然如此良好，他真是从未想到。

从那之后，林唯一对冯安妮更是敬谢不敏，顺带看低了她不少。他以为冯安妮不过就是想攀上高枝的人，但从未想过，其实，她在装疯卖傻，都是为了日后做铺垫，为的就是不让人怀疑她。

现在想来，她的心机那么重，不是别人可以比的。

听林唯一如此分析冯安妮，沈橙橙才恍然大悟。她皱着眉头，细细思索了一阵，然后，对林唯一说："不仅如此，我怀疑夏颜和连恒分手，也是冯安妮一手造成的。"

"夏颜？"林唯一有些不解。

沈橙橙将之前在"桥之中"见过连恒和冯安妮的事情对林唯一说了一遍。听了她的话，林唯一说："你再去问问连恒，到底是什么情况。毕竟冯安妮是那种为了报仇十年不晚的人。"

"连恒对我说是因为他的精神有问题，可是我明显觉得还有别的问题。我本来想说今天见完你之后再去找夏颜，和夏颜说清楚连恒的事情。大家开诚布公，好好把话说开，不要留下什么遗憾。"

沈橙橙顿了一下，接着说："现在听你这样一说，我觉得更有必要去找夏颜了。"

林唯一点头："那我们吃过早餐就去。现在先等等，我父母还在家。你先跟夏颜联系一下。"

沈橙橙掏出手机，看了看时间，长叹了一口气道："夏颜肯定还没起床，我先给她发个消息吧。"

"我把王璇也叫上吧。你看要不要喊苏莫青青，咱们把人聚齐，好好把事情梳理一下。"林唯一说。

他语气认真，神情严肃，一瞬间，竟然让沈橙橙有些失神。她垂下脑袋，暗自笑了笑。

真好啊，这果然就是她喜欢的林唯一。即使和乔意可之间略有嫌隙，但永远还是朋友第一。乔意可也是，那天看到林唯一失态，他的反应竟然是先将王璇带走，让她留下来安慰林唯一。

虽然，他们别扭着，但他们的感情却是真挚的。没有人想要蓄意陷害另一个人，他们虽然针锋相对，但同样隐忍退让。

想到这里，沈橙橙忍不住叹气。林唯一奇怪地问她："好好的怎么叹起气来了？"

"我在想，你和乔意可两个人真傻啊。想要摆出一副自私的嘴脸，最后还是想对对方好。"沈橙橙说。

听到沈橙橙这样说，林唯一也是一怔。仔细想来，好像真如她所说。虽然，两人互不相让，可关键时候，他们也并没有给对方造成什么实质性的伤害，反倒是一心为对方好。

林唯一喜欢沈橙橙，早些年是乔意可占了先机。可现在，乔意可却拱手让了出来。其实，乔意可有很多机会能够将沈橙橙找回，只是他没去做。

算了，往事烟云，手挥一挥就散。十年过后，都无人记得这些琐碎繁杂。日夜更替，沧海桑田，事事更迭。如果，还能维系一份走不散的情，才算是渺茫中的牵念。

"是啊，为什么我们不能早点明白过来呢，非要你来提醒。"林唯一感慨道。

"因为，你们是只缘身在此山中，自然看不清。我是你们二位里的局外人，当然会比你们更清楚一些。"沈橙橙说。

两人又聊了一阵，林唯一时时注意着门外的动静。当他听到大门传来重重一声响后，便对沈橙橙说："我下去看看。"

林唯一这副样子，简直就是做贼的相，和平日里的他比起来判若两人。

他下楼转了一圈，沈橙橙便在他的屋子里转了一圈。当她走到书桌前，不由得停下了脚步，目光落在桌上的相框上。

相框里是林唯一，好像他高中时的照片。短短的头发，一件白色T-shirt，牛仔裤，很普通的板鞋，伸开的双手，一手搭在他母亲肩上，一手搭在他父亲肩上，一家人笑得很灿烂。

很温馨的照片，沈橙橙伸手将相框拿了起来，细细端详。

看得正好，她右手小拇指勾动了相框背后的小勾，不小心把相框给弄松了。背板脱落，掉在桌面上，发出"轰"的一响。

沈橙橙吓了一跳，赶紧将相框放下，准备捡起背板重新安好。当她正准备安上背板时，突然发现相框里的照片好像不止一张。

她犹豫再三，忍不住将里面的照片给掏了出来，果然是两张照片。前一张是全家福，而后面一张……居然是她？

她有些不可置信地揉了揉眼睛。没错，那是高中时的她。

照片里的她扎着丸子头，手里拿着接力棒，冲着镜头笑得眼睛眯成了缝。阳光灿烂，风景正好，一切似乎都刚刚好。

沈橙橙依稀有点印象，这好像是她在参加校运动会时，被校报记者拍下的照片。她后来看过那张照片，觉得不错，隔了几天准备去找人要来。哪知那个照相的人说："我的储存卡坏了，丢了一批照片。"

不是丢了吗，怎么又重新出现在林唯一这里？

她又好气又好笑，心里充盈着莫名的酸软感，更多的还是羞涩。她摸了摸自己的脸，只觉得滚烫一片。

这时，房门正好被推开，林唯一拿了瓶饮料上来。他刚准备说话，却看见了沈橙橙手里的照片，一时手忙脚乱，差点将那瓶饮料给扔了出去。

沈橙橙倒是不紧张了，她看到林唯一这副样子，便想打趣他一下。

"唯一，这是什么？"她捏着照片，对他晃了晃。

"就……照片啊。"林唯一声音很虚。

"什么照片，为什么连我都没见过自己这副样子？"沈橙橙反问。

"那，那我怎么知道。反正就是运动会时的照片。"林唯一侧过脸去。

一向风轻云淡的他，每每到沈橙橙面前都会慌了手脚。也不是什么大事，但林唯一一次次都是一脸理亏的样子。他的喜欢如此显而易见，简直像个孩子。

"我之前找人要这张照片，别人说储存卡坏了，弄丢了。你可巧了，难道是储存卡修好了？"沈橙橙笑着问。

听到这话，林唯一的肩膀重重地垮了下来。他深深叹气道："这样说吧，这张照片是我找人拍的，当时还请那个人吃了一个月的午饭当封口费。现在那人还用这事儿嘲笑我呢。还好已经追上你了，要不然别人得笑我一辈子。"

是啊，意气风发的少年怎么还有如此低三下四的时候，而且向来云淡风轻的林唯一居然会有这样深邃的执念，在谁眼里，这都是一件值得去说三道四的事情吧。

但在沈橙橙听来，却异常诧异。原来他也有这种时候。

好在老天眷顾，兜兜转转，他们还是走到了一起。

沈橙橙几步上前，用力抱住林唯一，一点都不想松开。

下午，大家在"桥之中"聚齐。

再次看到苏莫青青时，沈橙橙觉得恍若隔世。她绕到苏莫青青的身边，轻拍了下她的肩膀。

苏莫青青吓了一跳，她转过身来，看到是沈橙橙。笑着说："之前怎么都不来找我？"

"谁敢啊，怕你追不上权佑找我撒气，我可不想再受你一次冷遇了，我受不了。"沈橙橙说。

"在你眼里我就是这种人？"苏莫青青好笑道。

"防患于未然。"沈橙橙说。

两人相互打趣了一会，苏莫青青问："你怎么知道我在追权佑？"

"我和你是这么多年的朋友了，你觉得我这俩眼珠子是长着出气的？"

沈橙橙看着苏莫青青，心里暗自感慨。虽然是多年的朋友，但她第一次瞧见苏莫青青如此主动。而且最难得的是，她终于没再避嫌，也没有因为权佑和沈橙橙的关系好而退让什么。苏莫青青，这一次是认真了。

苏莫青青"呵呵"笑了一声道："也是，我低估你了。"

"怎么样，怎么样，现在进展如何？"沈橙橙突然凑近，小声问道。

"我以为权佑会跟你说点什么的。"苏莫青青说。

"怎么可能，我很久没联系他了。而且这是他的私事，他为什么要告诉我？"沈橙橙夸张地说到。

"什么为什么要告诉你，你们在说什么？"

这时，一个熟悉的女声突然插入。沈橙橙和苏莫青青同时回头，看到了夏颜。

夏颜的头发长长了不少，这次她将头发染成了浅棕色，和白皙的皮肤相得益彰，而且看起来更漂亮了。

"我们在说，苏莫青青追权佑的事情。"沈橙橙说。

"结果是什么？"夏颜马上将脑袋凑了过来。

苏莫青青被这两人问红了脸，不好说，也不好不说。哪知这时，"桥之中"的门被人推开了，是连恒到了。

连恒一进来，便明白了不少事情。他看到沈橙橙冲他招手，视线又偏了一点点的时候，便看到了夏颜。

要不是林唯一紧随其后将连恒给抓牢了，只怕这下连恒又要掉头跑了。

就这样，属于小团体的话题戛然而止，连恒被林唯一一把抓住，并被强硬地塞在座位的最里面。沈橙橙还特别贴心地安排了夏颜和他同座，搞得连恒是如坐针毡。

夏颜时不时看上连恒一眼，连恒简直想把脑袋放到桌子下面去。

看到他这样的表情，沈橙橙觉得好笑。她冲着连恒说："你晚上回家，别告诉我爸说我虐待你！"

连恒瞪她："闭嘴！"

在争吵中，王璇来了。人到齐了，权佑端来三壶茶，并坐了下来。

一桌人，说熟也熟，说不熟也不算太熟。大家挨个做完自我介绍后，便开始说起了正事。

先开口的林唯一，他对大家说："今天说的是乔意可的事情，这是我第一次在他背后这么正式地讨论他，因为，这很有必要。"

夏颜起身，说："我不想提他，这个人没什么好说的。"

话音刚落，她就准备离开。

沈橙橙立即起身，连忙按下夏颜的肩膀。她有些焦急道："你听完再走也不迟。你想想啊，菜端上来你也得尝一口才知道难吃不难吃，是不是？"

"有些东西一看就知道很难吃，不需要再尝了。"夏颜说。

沈橙橙知道，夏颜对乔意可和冯安妮交往的事情很是排斥。她有多讨厌冯安妮，就对乔意可有多少气。明明是亲友，现在却反目成仇。不得不说，冯安妮的离间计用得真是好。

果然，如林唯一所说得那样，冯安妮轻易地挖掘出他们心底的那点优越感并加以利用，以至到了如此的局面。

"夏颜，你就听一次！"

说这话时，沈橙橙的眼里写满了认真。

"沈橙橙，别忘了，乔意可第一个辜负的人就是你！"夏颜喊了一句。

"所以，既然我都坐下来了，为什么你还不能坐下来，好好听完这些事情呢？"沈橙橙很认真地对夏颜说。

听到这话，夏颜这才吁了口气，重新坐了下来。

她说："那我就听你一次。"

林唯一把乔意可当时突然出走的事情向大家说清后，王璇又补充了她见过冯安妮的经过。王璇刚说完，连恒那边就传来了一声巨响。

　　当大家把目光向他投来时，只见他一脸呆滞，右手被热水烫得红肿。见状，夏颜吓了一跳，立刻慌了神，一边找权佑讨烫伤膏，一边握着连恒的手，问：“你没事吧，除了手之外，还有什么地方烫到了？”

　　连恒摇了摇头，缓了一阵，这才慢慢出声道：“我知道了，我被人算计了。”

　　“什么？被人算计了？”沈橙橙问。

　　虽然，这样问连恒，但沈橙橙心里却有了答案。不出意料，应该是关于冯安妮的事情。

　　连恒顿了一顿，说：“是……冯安妮。”

　　众人哗然，其中怒火最盛的，是夏颜。

　　在遇到夏颜之前，连恒就被检查出患有轻微的抑郁症，这是谁也不知道的。刚刚认识夏颜，他也不可能直接对她说：“你介意我有轻微抑郁症吗？”

　　于是，这件事情就这样被瞒了下来。

　　其实，连恒是一个很直接的人。当他意识到自己喜欢上夏颜的时候，连追她的方式都直接，几乎什么事情都做尽了。

　　送花，跟她的车跟了一路；每天早上帮她买早餐，她喜欢喝牛奶就帮她买牛奶。有时候，还会给她送零食；下课时，在她的教室门口走来走去……反正想得到的和想不到的，他都做了。

　　听到这话，在座的人都惊呆了。夏颜似乎也想到了那段往事，她低下脑袋，仿佛有些不好意思。

连恒坦言，夏颜就是有一种别人不具备的感染力，那种感染力深深地吸引着他。她就像太阳一样，时时温暖着别人。连恒一直有一个想法，就是想该怎样将太阳的光芒独占，不让别人分享。

最后，他决定，一定要独占夏颜。

和夏颜交往的时候，连恒是真的感到了幸福。他甚至觉得自己的病已经要痊愈了。但是，这时，冯安妮却悄无声息地出现了。

她不知从哪里打听到连恒有轻度的抑郁，也不知道从哪里弄来了夏颜和别的男生的合影。合影中的夏颜和那个男生举止亲昵，像是情侣一般。

看到那些照片，连恒几乎肝胆俱碎。若不是他还有一丝丝理智，早就直接冲上门去找夏颜问个清楚，然后，再将那个男生打个趔趄。

冯安妮告诉连恒，那个人和夏颜是青梅竹马。两人门当户对，挑不出一点儿错来。如果，不是他从中作梗，很有可能两人在大学的时候就要订婚了。

照片上的夏颜看起来十分美丽，笑起来的样子是他从未见过的。这时，连恒忽然意识到，夏颜可能只是因为可怜他，才答应跟他交往的。

这个想法一旦冒出来，他就怎么都控制不住了。

从那个时候开始，连恒就格外地注意夏颜的手机。每个来电和短信他恨不得都要细细地过问一遍。但是，越查越绝望，因为，夏颜从来就不瞒着他和男生联系。

这样的做法让连恒觉得自己是个傻子，于是，他停止吃药，又开始酗酒。没多久之后，便开始和夏颜起争执。两个人口角不断，但是，夏颜的次次容忍，却让连恒觉得是夏颜处于歉疚，而不是出自于喜欢。

在一次吵架后，连恒首次对夏颜说了重话，要她滚。事后，他后悔得不得了，而且意识到这是擅自停药之后的结果，但他没办法拒绝酒精给他带来的麻醉感。一旦停止，他就觉得自己无法呼吸。因为连恒意识到，夏颜其实并不喜欢他。

听到这话，沈橙橙和苏莫青青同时站了起来，她俩同时拍了桌子，桌上的茶壶都跳了几跳。她俩异口同声地质问连恒道："你对夏颜说了什么？"

茶室还有其他的客人，这时也忍不住往这边看了看。沈橙橙和苏莫青青丝毫不在意，一直都在看着连恒。

连恒被看得不好意思了，好在夏颜站了出来。她主动对两人说："没什么，真的没什么。"

"夏颜，以前我们有让你受过一丁点委屈吗？"沈橙橙反问。

听到这话，夏颜不说话了。反倒是连恒抬起头来，很认真地向沈橙橙和苏莫青青道歉："对不起，我以后不会了。"

"要有下次，我在家里都不会放过你。"沈橙橙恶狠狠地威胁道。

好在林唯一理智尚在，他连忙拉住手舞足蹈的沈橙橙，说："橙橙，跑偏了，我们是在说冯安妮的事情。你考虑一下乔意可，好吗？"

听到这话，沈橙橙总算是捡回了理智。她乖乖地落座，算是给林唯一面子。

坐在对面的王璇忍不住笑道："唯一，你女朋友真好，太给你面子了。"

林唯一听了只是笑着温柔地抚摸了一下沈橙橙的头发。

场面恢复了平静，话语权又转回到连恒的身上。他微微颔首，表情凝重，似乎在考虑什么。

夏颜很懂连恒，她伸手，轻轻放在连恒的手上。然后，看着连恒说："你要说什么就说吧，我们在这里，每个人都能出力。"

他深深叹气，摇了摇头："这件事情，我早就应该说出来了。"

"现在也不迟。"夏颜说。

"之前我没想明白，以为冯安妮只是单纯地讨厌夏颜而已。原来她的时时问候，背后有刺探的意思。这人很厉害，知道借用我对她的不屑来激怒我。有时我一不小心，也能说出一些关于你和乔意可的事情。"连恒说。

"我……和乔意可的事情？"

听到这话，夏颜有些意外。

苏莫青青听罢，补充了一句："意思就是，即使他和你分手了，他也在时时观察你的动态，他的视线从未远离过你。"

一时间，夏颜彻底失语。她望向连恒，连恒不说话，只是紧紧地握住了她的手，怎么也不肯松开。

气氛突然变得有点温馨起来。沈橙橙感慨，鲜少能够见到夏颜如此模样啊。

正在这时，夏颜突然勾住了连恒的脖子，狠狠地撞入他的怀中。她咬紧牙关的声音里有种无法忽略的坚定。她对连恒说："连恒，咱们有病就要治，不要动不动就说什么分开，我再也不要跟你分开了！"

听到这话，在场的人发出了细碎而善意的笑声。

多好啊，有情人终成眷属，谁也不要再和谁分开。

好在那天把话说开后，众人都多留了几分心思。特别是夏颜，她回家后没有先对父母说这些事，而是想方设法恳求自己的父亲，让她到自家公司去上班。

虽然，她不相信冯安妮有如此本事，但如果冯安妮打着乔意可的招牌，那事情就不一样了。

更何况，乔家和夏家本来就有姻亲关系，有时候算是荣辱与共。

而林唯一和王璇那边，正在想方设法去规劝乔意可。只是他们很少能找到机会和乔意可独处。乔意可虽然在某些时候还是很清醒的，但别扭起来也算得上举世无双。特别是这种时候，他更是想躲着和曾经有关的一切人。

最后，林唯一只能寄希望于沈橙橙身上。

沈橙橙倒是无所谓，她半是打趣地问林唯一："怎么，你难道不会吃醋吗？"

"我也要审时度势一点不是吗，现在可不是争个人利益的时候。"林唯一说。

两人相视一笑，互相明白了对方心底深处的想法。林唯一有时也感到惊诧，原来这个世界上，竟然有人能够如此懂他。不一定需要说出全部的话，有时千言万语都会显得太过贫乏。只是这样静静地看着，也许就是最好的表达。

好像这一切都是命中注定，因为曾经错过，如今相遇，才会更加珍惜。

"那我去约他好了。"沈橙橙说。

"希望他能听得进去。"

说话时，林唯一将一沓文件交给沈橙橙："之前我和王璇找到的证据。虽然，只是一部分，但也够证明什么了。还有拍到了一些冯安妮和别人在一起的照片，到时候你可以一并交给乔意可。"

"你们这么明目张胆，冯安妮不会发现什么吗？"沈橙橙反问，心里还有些忐忑。

说不上来为什么，她总觉得不安。但原因出自何处，她却说不上来。她暗自拍了拍胸口，企图抑制那种突如其来的慌乱。

林唯一也看出了沈橙橙的不安。他走上前去，一手搭在沈橙橙的肩膀上说："不用担心，那天我就跟着你。你有什么事情就给我发消息，我一定会保护你的。"

他的信誓旦旦让沈橙橙安下心来，但她说不出口的，依旧是心里尚存的那丝犹疑。

说真的，沈橙橙从没有哪一次像现在这样不安过。

在公司里，沈橙橙犹豫再三，最后还是鼓起勇气，找到了乔意可。

敲响他办公室门的时候，沈橙橙有些心慌。要不是意志力尚在，她只怕就要掉头跑掉。门内传来一声"请进"，沈橙橙这才拧开把手，走进去。

这是她第一次进入乔意可的办公室。室内空间很大，但装潢得却很朴素，连摆设都显得零落，一切都是那么凋零，仿佛人也没什么生机。

她悄悄揪住了衣摆，心下有些难过。

"有事？"

乔意可一边说话一边整理着手头的文件，哪知一抬头，便对上了沈橙橙的脸。他心下一阵慌乱，但还要强装淡然。他问："怎么是你？"

"想找你说点事情，你有空吗？"沈橙橙问。

"啊……"

他刚刚准备说有，却被突如其来的电话声给打断了。乔意可接起电话，脸色变得认真起来。

这是沈橙橙从没见过的样子，乔意可鲜少在她面前露出如此专注的神色。他的眉头轻拧，右手持笔，在记事本上写写画画。他说着流利的英文，从容镇定，俨然一副经理的架势。

电话时长有半个小时，沈橙橙也等了半个小时。她一直在旁边观察乔意可，当年的少年已成为了独当一面的人，即便任性，现在也成熟了很多。作为旁观者，沈橙橙感到欣慰极了。

等乔意可挂了电话，他重新打量了一下沈橙橙，却发现她正饶有兴致地看着自己，嘴角上还挂着若有若无的微笑。

他有点不好意思，忍不住问道："你笑什么。"

"突然正经起来的你，看起来还是蛮帅的嘛。"沈橙橙夸了一句。

"我一直都很帅，好吗！"说话时，乔意可忍不住整了整衣领。

好像永远都是这样，即便过去再不堪，他都舍不得对沈橙橙冷淡。即便他知道这样的行为不对。但是，对不对，永远和感情无关。

在情感上，他向来妥协。

"是，是，是，你一直最帅了。"沈橙橙微笑迎合着说。

"说吧，今天找我有什么事？"乔意可问。

"关于……冯安妮的事情。你有空和我聊聊吗？"沈橙橙说。

今日的沈橙橙不同以往，乔意可在她的身上看到了一种名为"自信"的神采。那是从前的她所没有的东西。

要说没有也不尽然。只是从前的沈橙橙总是低头和服从，从未如今日这样直接挑明话头，甚至能够和他当面对质。

"是夏颜叫你来的？"乔意可问。

"关夏颜什么事？"沈橙橙反问。

"我知道冯安妮出身不太好，所以不受你们的待见。但她也是女生，将心比心，谁没有一点小虚荣？这点事情，难道也不能原谅？"

沈橙橙忽然明白了冯安妮的高明，果然如林唯一所说的，她彻底将自己伪装起来。她洞察了每个人的心机，自然也就能够逐一针对每个人使出不同的高招。

最好的手段，便是玩弄心机。

"这不是虚荣的事情吧？"沈橙橙艰难地辩驳了一句。

"难道不是？"乔意可反问："从高中的时候，你们就有点针对她了。不仅仅是夏颜，我相信连林唯一都是如此。你们虽然表面上不说什么，但是，下意识地排斥，让冯安妮还是很受伤的。"

沈橙橙被乔意可的反问弄得不知该如何作答，原来在他眼里，他们这群为他好的朋友，还是一群恶人了？

她简直要气笑了。

"你们总是说冯安妮这也不好那也不好，可是你们有没有想过，在我最难过的那段时间里，陪我熬过去的，不是你们。只有冯安妮，每天夜里不睡觉地陪我聊天，想尽办法给我解决难题。我若是听你们的，去回避她，去恨她，那我还是人吗？"

乔意可的反问像一记重锤，狠狠砸在沈橙橙的心上。她不可置信地看向乔意可，对方的眼里，却平静如水。

他娓娓向沈橙橙道来。

初到国外，语言不通，事事碰壁。他每天蜷缩在家里，连学校也不想去。明明在国内的时候，他还是个可以睥睨众人的优秀生，却不料到了国外，他的长处是什么都给弄丢了。

父母的压力，自己的压抑的过往，并不顺利的学业……这些事情重重地压在他的心头，乔意可几乎快要崩溃了。

如果不是冯安妮适时给他打来电话，乔意可几乎不敢想自己会变成什么样子。

不管是谁也好，在他快要沦陷时扔下来的稻草，他一定会紧紧抓牢。即便她是旁人口中恶评如潮的人，但这一丝牵连和温暖，已经足够将他救出泥沼了。

而今，这一群毫无作为的人，却对着他说，冯安妮别有用心，一定要疏远她。这群人自称是"朋友"，人人都口口声声说着"为他好"。可也没见谁在他最难过的时候，搭上一把手。反而是这些最亲密的人，联手将他推下了深渊。

乔意可想到这里，忍不住就笑了。

"沈橙橙，如果你和林唯一要说的话都一样，那就请回吧。我不想听到这些话。你知道我是什么性格的人，我无原则地偏袒也不是一天两天了。要是乔家真在我手上完蛋了，那就是我的命吧。"乔意可说着，右手向她摆了摆。

那意思很明确，是赶人离开。

沈橙橙还想说什么，但见乔意可却态度坚决。她想了想，秉持这样的态度也说不了什么，于是，便换了个问题。

"乔意可，我想问你，为什么你连主动一次都不肯，就把所有的责任推卸到我们头上呢？"她问。

"你说什么？"乔意可抬起头来。

"我说，你根本没向我们求助，我们只知道你不告而别，心里有气，自然不会主动和你联络。你如果主动给我或者夏颜打一个电话，你觉得我们会对你置之不理吗？乔意可，你太偏执了。"沈橙橙说。

乔意可写字的手重重一顿，钢笔在纸张上划下了一道很长的印记。他抬起头，狠狠地看向沈橙橙道："你说什么？"

"我说，我们甚至都没有做出努力，你就一票将我们否决。你甚至都没有向我们伸手，我们也不知道你需要我们，你就认为我们根本不关心你？乔意可，你消失不见的那段时间里，夏颜天天上你家去找你，每次都吃闭门羹。林唯一打了多少个电话，你家人都说你不在。我们想尽了办法，最后，却被你说我们根本不关心你。我们冤不冤？"

沈橙橙道出了积攒了很久的心声，其实，她本不想把这些话说出来，但今天乔意可的回应实在是太伤人，她忍不住了。

"你……你们……找过我？"乔意可不可置信地看着她问。

"回去问你的好父母，他们要是说没有，那就没有吧。"沈橙橙说。

乔意可重重倒回椅背上，眼神放空看向天花板。许久后，他这才揉了揉鼻梁，说："我想想，你让我想想，我过两天找你，可以吗？"

看到乔意可的神情似有松动，沈橙橙本想再添一把火，但又怕物极必反，让乔意可更加厌烦。

于是，她说："好，我先走了，你要是有空记得找我。我随时都在。"

"好。"乔意可说。

她退出办公室，往电梯间走去。这时电梯正好升到这个楼层。电梯门打开，沈橙橙看到了一张熟悉的脸。她忍不住退后了一步。

终于，沈橙橙明白了前几日心慌意乱到底寓意为何了。原来有人在这一秒钟等着她呢。

"沈橙橙，好久不见啊。"冯安妮笑眯眯地走到了她的面前。

沈橙橙不自觉地后退几步，脸上的微笑有些刻意。她问了一句："你来公司，有事吗？"

"有啊，怕某些人背着我，去跟我男朋友说我的坏话。"冯安妮笑眯眯地说。

这时，冯安妮又走近了几步，沈橙橙终于看清楚了她的模样。虽然，沈橙橙对她并没有好感，但也不得不说她确实长得好看。

纵使再有心机，冯安妮那张无公害的脸也让她降低了不少目的性。特别是她那双水灵灵的眼睛眨几下，连沈橙橙都觉得我见犹怜。

沈橙橙"哦"了一声，说："那你慢点，我先下楼了。"说完话后，沈橙橙刚准备离开，却被冯安妮一把抓住了胳膊。冯安妮力气很大，拽得沈橙橙只觉得一阵生疼，感觉胳膊几乎要脱节了。

"你有事吗？"沈橙橙忍下怒气，好言好语地问。

"沈橙橙，当着我的面你就不用再戴着你的面具了吧。你那副样子就留着骗骗林唯一就好。他是傻子，我不是。"

压低了声音的冯安妮流露出一种难以言喻的神情。她这副神情有些尖刻，和表面上的清纯大相径庭。沈橙橙想，如果乔意可见到她这副样子，不知道会不会还能一如既往地信任此人。

"什么面具，你话说清楚一点。"沈橙橙反问她。

冯安妮恨死沈橙橙这种表情了。她讨厌夏颜，讨厌林唯一，讨厌苏莫青青，但最厌恶的，还是沈橙橙。

第十章

想给你
该有的幸福

她何德何能可以赢得如此的厚爱，明明也没多好看，性格也不是那么好。学业排不上名次，家境也一般。可她凭什么就能够招人喜欢，人人都能成为她的朋友。

　　甚至在多年后，乔意可依旧对她念念不忘不说，还残存着一份说不清的愧疚。

　　这样的人还总是一副不自知的神情，看起来都让人讨厌。她永远都是无知无觉的样子，居然还有人想保护她，那些男生真的是太蠢了。

　　冯安妮一边怨恨，一边嫉妒，在这样极度扭曲的感情中，冯安妮把沈橙橙当成了假想敌。虽然，她在表面上最讨厌夏颜，可是骨子里，她最怨恨的是沈橙橙。

　　因为，她想要的一切，沈橙橙都拥有了，而且是不费吹灰之力，将一切东西都据为己有。

　　冯安妮看着她，眼里几乎要窜出点点火星。但沈橙橙却不明所以。

　　她的茫然更加激发了冯安妮的怒气，冯安妮用力拽住她的胳膊，将她往这一层的杂物间拖去。

　　这一层的杂物室鲜少有人来往，冯安妮也是出于偶然才来过一次。那次是乔意可和她来拿东西，拿完东西后，乔意可大大咧咧地将钥匙交给了她后，他自己也忘了。

眼下倒好，给了冯安妮一个绝妙的主意。

她将沈橙橙推到杂物室里，沈橙橙手里的文件袋掉落下来，散了一地。冯安妮出于好奇，捡起了其中一张，却发现那都是关于自己的资料。

看到这里，冯安妮更是遏制不住胸中的怒火。她伸手捡起文件袋，狠狠砸到了沈橙橙的身上。

一下又一下，冯安妮像是在发泄，更像是报仇。锋利的纸张散落开来，有些坠到沈橙橙的脸上，割出了细微的伤口。

沈橙橙忍着疼想要去反抗，冯安妮看出了她的意图。不知道冯安妮是打红了眼还是怎么地，她居然抄起了墙角的台灯，狠狠砸在了沈橙橙的头上。

一声闷响过后，沈橙橙晕倒在地。冯安妮将台灯掷到一边，又想了想，将台灯捡了回来。她表情虽然冷静，但双手一直忍不住在颤抖，抖得几乎根本拿不起东西。

看到沈橙橙晕倒的那一瞬间，冯安妮的心里居然涌现出一种说不清道不明的快慰。快慰之后，却是恐惧。她想销毁证据，却发现自己软了双脚，根本没有力气。

她想要找到乔意可去救沈橙橙，但她眸光一转，看到满室文件的时候，又改变了主意。

既然心思早已被察觉，还不如先下手为强。她的证据被沈橙橙掌握，那她就应该连同证据和沈橙橙一起除掉。

下定决心的冯安妮，此刻是癫狂的。

她摸出了包里常备的打火机，将纸张点燃。并找出纸巾，小心翼翼擦掉了门把手上的指纹，又将杂物间的钥匙抹干净，摆在沈橙橙的旁边。

在室内还未燃起燎原之火时，冯安妮悄悄带上了房门，往乔意可的办公室走去。

她按捺住想要尖叫的欲望，努力压抑住自己想要上翘的嘴唇，心里翻涌着的，全是手刃仇人的快感。

太棒了，她的眼中钉终于要在一场大火中付之一炬了。她的丧亲之痛，也该让这群自以为是的家伙尝尝了。

想到这里，冯安妮的步伐都轻快了起来。

火势蔓延开来，整条走道全是烟雾。烟雾触及了报警器，铃声大作，沈橙橙在一片浓雾中醒来，只觉得自己头痛欲裂，简直快要死过去了。

此时，她睁眼看到自己身边一片火海，甚至连皮肤都感觉到莫名的焦灼，她吓得快要掉出眼泪，但却拼命忍住不哭。

她忍着头痛，忍着惶恐，忍着一切负面情绪，拼命想办法逃出去。她捂着脑袋，拿着手机，往门的方向跑去。她去开门，门把手被火燎得火热，一摸上去，便被燎出了一个火泡。

她"啊"了一声，再次尝试握上了门把手，巨大的疼痛感让她的神经格外敏感。她咬着牙齿，拼命拧动着门把手。

好在冯安妮并没有把事情做绝，沈橙橙冲出了火海。

走廊上的人早就倾泻而出，因为，已用尽了全身的力气，此刻沈橙橙根本没有多余的力气往前走。

额上的血泪汩往下流着，染得她的视线一片血红。她捏着手机，想要给林唯一打个电话，刚举起手机，却听到了林唯一的声音："沈橙橙，沈橙橙你在哪儿？沈橙橙！"

林唯一的声音嘶哑而绝望，沈橙橙几乎能感受到他的情绪。

沈橙橙在这边大喊："林唯一，林唯一我在这里。"

她的声音被警报声盖过了，她想要喊出更大的声音，但是，却力不从心。死亡的阴影盘旋在她的头顶，她的心底传来一阵又一阵的绝望。

太疼了，实在是太难受了。她的四肢百骸都有一种说不出的无力，她都不知道自己到底是凭借什么还能继续坐在这里，才不会晕倒。

"沈橙橙！"

一声又一声的叫喊越来越近，沈橙橙在恍然间看到了林唯一的身影。浓烟中，林唯一向她跑了过来，并迅速扶住了她的肩膀。

"橙橙，橙橙！"林唯一将她抱起，从安全通道迅速逃离。

沈橙橙只觉得全身都松懈了下来，倒在林唯一的怀抱里，她竟觉得无比的安全。她勾住他的脖子，用尽全身力气回应了一声："我在。"

"橙橙，不要睡，我们马上去医院，你清醒一点。"林唯一有些焦急，但还力求脚步稳健。他暗暗告诫自己，千万不能忙中出错，因为，他的怀里还抱着沈橙橙。他出事不要紧，千万不能让沈橙橙再受伤了。

"不睡，我不睡。唯一，你放心。"说话时，沈橙橙还格外努力地挤出一丝微笑，企图安慰林唯一。

只需一眼，林唯一几乎要落下眼泪。他在心里暗骂了自己一千次一万次，为什么偏偏要让沈橙橙去犯险？他以为乔意可能够保护好她，可为什么在关键时刻，偏偏让沈橙橙受了重伤？

如果此刻他没能找到沈橙橙，他一定会恨自己一辈子。

"好，好，你就跟我说说话，我们马上就去医院了。"林唯一回答道。

他强健有力的心跳无声地抚慰着沈橙橙，沈橙橙的心情松懈了大半，此刻嘴里说着的话也含糊不清。她忍不住问道："林唯一，你是怎么来的？"

"不知道，我早上一直坐立不安，总觉得有什么事情要发生，慌得不得了。给你打电话，怎么都打不通。我心里就更不安了，就来这里看看。"

林唯一跑得太快，他说话的声音里带着大声的喘息。

"然后，一来这里，就发现所有人都在往外跑着。我在人群中看了许久，怎么都没看到你的身影。后来，我看到乔意可和冯安妮一起跑了出来，那一瞬间，我就觉得完了，你肯定出事了。"

说来也怪，放在寻常，也许林唯一想不到太多。可一旦涉及沈橙橙的事情，他就变得格外谨慎起来。稍稍有一星半点风吹草动，就立马警觉。

好在这一次他的反应很快，立刻冲入了大楼，要不然沈橙橙真的会葬身火海。

听到这些，沈橙橙叹了一口大气。她的嘴角边挂着满意的微笑，小声说："唯一，你真的……说到做到了。"

说话的时候，沈橙橙被血沫呛到，兀自咳个不停。

"你别说话了，休息一下，我们跑出来了！"

话音落下，沈橙橙只觉得眼前一阵眩晕的光圈。

天光大亮，他们活着出来了。

广场上人员繁杂，救护车和救火车全部赶到。林唯一抱着沈橙橙冲到了最近的救护车上，穿着白大褂的人赶了过来，帮助林唯一将沈橙橙抬到了担架上。

沈橙橙仰躺在那里，看着依旧湛蓝的天空，她觉得心下一松，终于，昏昏沉沉地睡了过去。

在睡过去的时候，她觉得身边有人在叫她的名字。有林唯一的声音，有乔意可的声音，还有莫名其妙的声音。

可是她统统不想管，她的脑中心里，统统只有一个名字：林唯一。

是他，不顾自己的安危，救了她一命。

一命之恩，该以什么相许，才能回报？

昏睡中的沈橙橙一直在想这个问题。

等沈橙橙恢复意识的时候，第一眼看到的是坐在她身边的林唯一。林唯一握着她的双手，本来好看的脸上却写满了憔悴。模样狼狈，但依旧是颓废中带着好看的棱角。他看到她醒来时，神情里流露出掩饰不住的喜悦。

"橙橙，你感觉怎么样？你别动，我去叫医生！"林唯一赶紧摁响了她床头的铃，沈橙橙只觉得头痛欲裂，很想伸出一只手来按着快要爆炸的脑袋。她从牙缝里挤出几个词："怎么了……我……"

林唯一依旧握着她的手，单手按着电话："我跟叔叔打个电话，他在外地现在很担心你的安危，你等下，我马上告诉你。"

沈橙橙顺从地点点头，也就不再多说什么了。

医生来检查之后，表示没有什么大碍，只是轻微脑震荡，颅内也没什么大事，只要醒了就好了。不过现在因为她刚清醒，所以，伤口疼痛是很正常的。

因为疼痛，沈橙橙觉得神智清醒。那样的刺疼就像是有蚂蚁在咬，又像是被火烧热的刀在一下一下地刮着她身上的肉。

　　看到她的表情，林唯一默默伸手。沈橙橙不解其意，而林唯一却说："你实在忍不住了就掐我。两个人疼，好过一个人。"

　　林唯一那副委曲求全的样子彻底打动了沈橙橙，她扭曲的脸上勉强挤出了一个难看的微笑，道："林唯一，你真是个傻子，你脸上头发上手上也伤了不少！"

　　是的，为了救沈橙橙，林唯一的头发被烧掉了一块，脸上连带后耳根处被火燎伤了，手上更不用说，现在还有一块黑色的疤痕。沈橙橙看得心疼不已。

　　"那你亲一下，我就不疼。"林唯一伸出手来，对沈橙橙说。

　　她知道林唯一是在转移她的注意力，于是，她牵过他的手，轻轻在伤口处落下一吻。

　　那样的吻如洁白的羽毛，搔到了林唯一的心间，林唯一觉得浑身舒坦极了。他不安分地动了动身子，又用空出来的手指了指自己的嘴唇说："这里也要，这里也要。"

　　看到他近乎孩子气的举动，沈橙橙笑崩了。她摸着自己的脑袋说："你不要这样，我笑得有些头疼。"

　　听到这话，林唯一很干脆地俯下身子，吻住了她的嘴，先是轻轻的舔咬，继而撬开她的齿缝，用力地吻了下去，企图夺走她的思维。

　　沈橙橙被林唯一吻得七荤八素，一时间也不觉得头疼了，倒是觉得缺氧。直到两人分开的时候，沈橙橙还是觉得晕晕乎乎的，仿佛喝了酒一般，飘飘欲仙。

　　"怎么样，我这个止疼药还不错吧？"林唯一笑着，笑容里藏着痞气。

"是，是，是，你这个止痛药很管用。"沈橙橙牵着他的手，不愿意松开。

两人说着话，却听到门口传来一阵轻声的啜泣声。沈橙橙费力地往外看去，只见夏颜用纸掩着面，背着身子对着他们。

沈橙橙喊了一声："夏颜。"

夏颜调转过头，深深吸气。她跑到沈橙橙的病床前，立即蹲下身来说道："沈橙橙，为什么我几天不在，你就把自己搞成了这副鬼样子，真是吓死我了！"

这时，门口又传来了一阵骚动，苏莫青青扶着门框大喘气。美人就是美人，即使因为奔跑而变得狼狈，她也不会因此折价半分。

"刚刚……路上堵车，我跑了两站路。"她慢慢走过来，蹲在沈橙橙的床前，"对不起，我来晚了。"

苏莫青青伸手捉着沈橙橙的另一只手，把下巴搁在床前，眼睛润泽，闪动着漂亮的光芒。

她俩很干脆地把林唯一挤到了一边。林唯一哭笑不得，又不好跟她俩争什么，只好默默地退到了一边。

"你这到底怎么回事，我听说乔意可的公司起火了，然后，你被林唯一救了出来。乔意可呢，他怎么没照顾好你？"

夏颜性急，语速很快。

相对于夏颜，苏莫青青就冷静了许多。她压低声音，说："夏颜你声音小点儿，沈橙橙才醒不久，她脑袋还疼着呢。"

"哦，哦，哦，不好意思。"夏颜立刻放低了声音。

"具体情况是……咳咳。"

刚一说话，沈橙橙就忍不住咳嗽起来，她睡了太久，身子也觉得不舒服，现在被两人这一通抢白，想要说的话，却不知从何说起。

好在她的身边还有林唯一陪伴。他和沈橙橙非常默契。

此刻，林唯一绕到床的另一边，对沈橙橙说："这样，我把你扶起来，你先喝口水，再慢慢跟我们说。我们有的是时间，不要着急。"

听到这话，沈橙橙心里觉得熨帖不少。林唯一就是林唯一，他就是沈橙橙最重要的那颗定心丸。

林唯一扶着沈橙橙坐了起来，又给她喂了杯水。虽然，她还头痛，状态却好了不少。

沈橙橙耐着性子压着怒火，把那天发生的事情，原原本本地向三人说明。

当三人听到冯安妮将台灯砸到沈橙橙头上的时候，几乎都要跳了起来。沈橙橙明显感觉到她被林唯一握住的那只手突然被重重地捏住了，林唯一的脸色也变得难看了起来。

夏颜大声叫嚣道："我看那个女的就是想死！"

"她是找死。"苏莫青青很肯定地说。

三人一边义愤填膺地安慰着沈橙橙。沈橙橙伸出右手做了个平复的手势，说："这件事情，我们到底该如何利用起来，毕竟我也不能白白挨这一下啊。"

"你别担心，乔意可报了警，警方会调查起火的原因。我绝对不会让任何人钻空子。"夏颜信誓旦旦地说。

"橙橙，你安心住院，我妈妈在这家医院工作，她会好好照顾你的。现在最紧要的事情，就是你要尽快养好身体。"苏莫青青说。

"其余的事情交给我。"林唯一做了最后的总结。

他再也不会让沈橙橙去触碰任何关于冯安妮和乔意可的事情。即使乔意可要栽跟头，林唯一也不会让沈橙橙再受到一丁点伤害了。之前的他还对很多事情抱有幻想，但是，经过此事，他明白了，没有任何事情比得上沈橙橙重要。

沈橙橙冲他点头："你们也不用太担心我，毕竟傻人有傻福。这次大难不死，必有后福。"

夏颜"噗嗤"一声道："你啊，是真的傻！"

林唯一倏然心软，忍不住牵起她的手，在唇边吻了一吻。

说着话，沈橙橙有些犯困了。还是苏莫青青率先看出了沈橙橙的困意。她拽了拽夏颜的袖子，说："时间不早了，让橙橙多休息一下。她才醒不久，很累的。"

夏颜听出了苏莫青青的话里有话，她看了眼沈橙橙，虽然没说什么，但是，她的神情已经尽显疲态。即便这样，她还是一脸温柔，真是让人看得心疼。

"你累了就要说，你现在是病人，好好休息。"夏颜忍不住说。

"我见到你们很高兴，忍不住就想多说两句。"沈橙橙说。

"等你好起来我们说一夜好不好？"夏颜笑着反问。

沈橙橙点了点头，说："那你们先走吧，我想睡会儿。看外面的天气，好像快下雨了，你们快走。"

听沈橙橙一说，两人不约而同地往窗外看去。"轰隆"一声从天边传来了遥远和空洞的闷雷，乌云的边缘被镶上了一层短暂的金边。刹那之间，倾盆大雨突然而至，"哗啦啦"的声音充斥在每一个人的耳中。

整个城市被笼上了一层薄雾，苏莫青青赶紧起身关上了窗户，病房里突然安静下来。接着，所有人都哄堂大笑起来。

"好吧，这阵子雨也要我们多留一会，沈橙橙，你睡吧，我们看着你睡。"苏莫青青道。

沈橙橙也不再推辞，任由林唯一扶着躺进被子。没过一会儿，便睡着了。

又等了一阵之后，雨势渐渐变小。夏颜蹑手蹑脚地走到了林唯一的身边，她压低了声音对林唯一说："我们先走了，你跟橙橙说，我们明天来看她，要她好好休息。"

林唯一点点头，作势要送两人。苏莫青青按住他的肩头，说："你陪着沈橙橙，万一她醒了你不在，她会不安的。"

两人的话里满满都是关心，林唯一点了点头，轻声道谢。

"谢什么，好好照顾橙橙才是正事。"说完后，夏颜拉着苏莫青青离开了。

两人离开医院后，没过多久，雨又下了起来。一直到晚上，大雨都没有停歇。路面上好像汇成了一条银白的绸带，被灯光照得闪闪发光。林唯一站在窗台边往下看去，看到了楼下有个人撑着伞，似乎站了良久。

想都不用想，他就知道那个人肯定是乔意可。

林唯一又返身回去看了看沈橙橙，她睡得很沉，没有醒来了的意思。他俯下了身子，轻轻吻了下她的嘴唇，这才关了灯，拉上了门，决定下楼看看。

推开了医院的玻璃门，林唯一站在半圆形的入口处。不远处的红色指示灯照得他的脸色有些难看，隐隐的红色在他的眼睛里跳跃。他双手插在口袋，似笑非笑。

他把那个黑色的伞往上挪了挪，露出了大半张脸来。

乔意可和林唯一之间相隔不过十米，但是，那巨大的雨幕却把两个人隔得很远。"哗啦，哗啦"的声音，好像是老天故意让他们之间存在着更深的隔阂。

乔意可撑着伞往林唯一这边开始走动，他的裤子上面被雨水晕染出了有深有浅的各异花纹，但他丝毫不在乎。

他收了伞，故意地甩了几下。水珠顺着物理运动的规律一颗一颗地砸到了林唯一的脸上。乔意可的脸上洋溢着恶意的笑，但对方不躲也不闪，只是任由那些雨水甩到自己的脸上，他甚至连伸手擦掉的想法都没有。

就是这样的挑衅，也被林唯一在无形之间给挡掉了。

乔意可突然觉得自己输掉了什么。他低声问道："我能上去看看橙橙吗？"

林唯一挑了下眉毛道："当然可以，我这不就是下来迎接你的吗？"

乔意可和林唯一始终保持着不远不近的距离。没有人肯更近一步。

乔意可的远离是因为他的愧疚，而林唯一的远离是因为他的愤恨。各自心中的猛兽始终在彼此间徘徊。但他们又不想让那头猛兽伤了对方。

彼此间是好友，是敌人，是最亲密的陌生人，也是一辈子都不舍得走散的人……太多的定义能够出现在二人之间。

而这段空出来的多余距离，就已经是对彼此的审判。

林唯一轻声询问道："对于冯安妮，你还要容忍她多久？"

雨声剧烈，砸在屋顶、车子上发出一阵稀疏的声音。旁人来来往往，但林唯一和乔意可之间确实安静如初。雨幕如帘，隔开了他们与旁人的距离。

乔意可深思很久，才抬头回答："直到我觉得够了，那就够了。"

"谁不知道你向来心软。你这次又会放过她吧？你是替她来看沈橙橙的，不是吗？"

林唯一毫不客气地拆穿了乔意可的意图。对方有些恼羞成怒，从林唯一的角度看过去，他能看到乔意可僵直的脖颈，还有肩膀上紧绷的肌肉。

"我就问你一句，你在拉着冯安妮跑出公司的那一瞬间，有没有想过橙橙的安危？"林唯一上前一步，狠狠地盯着乔意可。

乔意可不知所措，退后了一步，整个人重新踩回了雨中。

"我知道沈橙橙在你这里上班，我让她来找你，赌的就是你对她还有一份情，你一定能好好照顾她。可是直到前几天，我才知道，是我想错了。"

林唯一的声音里饱含失望。乔意可的心也沉了下去，他想要反驳，却发现自己怎么都张不开嘴。

其实，林唯一很明白。两人一同长大，他了解乔意可的软肋在哪里。他有时就是最容易陷入到迂腐的承诺里。即使有人拿着鸡毛当令箭，但只要用"承诺"二字做挡箭牌，乔意可就会退让。

"我没有……"乔意可本来的气焰慢慢在减弱，他讲话的口气变得有些动摇。

"没有？"林唯一听得好笑。

每次都是这样，只要一提起这个问题，乔意可下意识地就开始逃避。林唯一知道一条人命之情并不是能够用多少来计价或偿还的，可他希望乔意可看清楚，欠冯雷恩的是冯雷恩，但他不需要一并原谅冯安妮的所作所为。

可林唯一又清楚地知道，谁也算不好这笔账。从根里就一塌糊涂的感情债，怎么能够用数据去衡量？

太困难了，这是在强求乔意可。更何况，他那样单纯，一心一意只想卸下肩上的沉重枷锁。

一瞬之间，林唯一明白了很多事情。他对乔意可伸出手，乔意可不明所以地握住了他的手。林唯一把乔意可拉回到门廊下。

"走。"

乔意可被拽得身形一歪，步伐却不知不觉跟上了林唯一。他的心脏通通直跳，好像几年来都没有这样的感觉了。他一直觉得自己是排斥在曾经的团体之外，他是那个被憎恶被讨厌的人，所以，回来之后，更不敢和这些人有过多的接触。

直到今天，他一直都是这么认为的。

两人走回到病房，林唯一在外面对乔意可说："橙橙睡了，你动作轻些。"

哪知沈橙橙好像听到了林唯一的声音。她说："林唯一，是你吗？"

林唯一推门而入，看到已经坐了起来的沈橙橙道："你怎么醒了，是不舒服吗？饿不饿？我去给你热点粥。下午的时候，你爸爸还有连阿姨来了一趟，给你送了点吃的，你想吃吗？"

乔意可在一边看着，心下突然变得澄澈起来。他终于明白了，自己对于林唯一的嫉妒，根本不能动摇林唯一对沈橙橙的爱。

从走进房间的那一刻，林唯一就已经只为沈橙橙开始打转了。

沈橙橙点了点头："确实有点饿。"

她的脑袋包得像粽子，脸也肿了起来，一双漂亮的眼睛肿得只剩下两条缝了。甚至连嗓子都是沙哑的。乔意可暗自心酸，这是他的错，为什么在那一瞬间他只顾着逃命，却没有想过沈橙橙的安危？

可沈橙橙对他却没有芥蒂，她对乔意可招了招手，说："不好意思，这段时间我有点难看。"

一句话说完，乔意可只觉得自己的嗓子哽咽得厉害，他觉得眼眶灼热，居然隐隐有种想哭的冲动。

是的，沈橙橙总是包容他，不管是不是他的错，沈橙橙向来都会选择原谅。

乔意可更加自责，他选择补偿冯安妮，却从来不记得沈橙橙。殊不知，经年累月下来，他到底欠谁更多。

还有林唯一、夏颜……这些朋友时时刻刻陪伴在他身边。他们的存在仿佛空气，离了之后才知道无法呼吸。

乔意可终于认识到，是他错了。

他站在病房门口，不知道该做什么。直到沈橙橙又喊了他一声，他这才缓过神来，应了一声。

"你找个凳子先坐一下吧。"

明明她是病人，却时时刻刻都在考虑他的感受。乔意可看着林唯一忙前忙后，自己也想为沈橙橙做点什么。

他走过去，问沈橙橙："我能帮你什么忙吗？"

听到这话，沈橙橙有些诧异，眼神里满满都是不解。

倒不是别的，一位少爷，突然卑躬屈膝，实在是让他难以接受。

她摆了摆手："没事，没事，你坐着就好。"

即便她这样说了，乔意可还是站在她的床头不肯动。沈橙橙不明就里，为了不拂乔意可的面子，便说："那你帮我倒杯水吧。"

其实，说出这话，沈橙橙还是有点忐忑的。她不太清楚这位少爷会不会把自己给烫到。

不过还好，乔意可虽然平日里不怎么做家务，但水还是会倒的。他在杯子中注入了一半的热水，又掺了些凉水。在将杯子端到沈橙橙面前的时候，还说了一句："你试试，小心别烫到了。"

接过杯子，沈橙橙小心抿了一口，水温合适。

她冲着乔意可比了个拇指，他忍不住笑了起来。两人之间那种剑拔弩张的气氛变得温馨起来。

他们不是仇人，因为他们彼此间曾是挚友。

这时，林唯一也端着刚刚热好的粥进来了。乔意可帮着他将沈橙橙床上的小隔板架了起来，林唯一诧异乔意可的主动，所以，看他的眼神有些怪异。

乔意可被看得浑身不自在，忍不住说："干吗，你这眼神有些刺眼。"

"没什么，看到你平时十指不沾阳春水的，突然还端茶倒水，觉得稀奇。"林唯一说。

"哎哎，你这话什么意思？"乔意可抱臂，打量着林唯一。

"觉得你长大了。"林唯一说。

这句话突兀又愕然，乔意可听得一愣，随即也释然了。

林唯一说得没错，他以前确实太着眼于自己的得失，凡事全都盯着自己，从不看旁人为他付出了多少。就像沈橙橙，即便为他做得再多，有时只是因为一件事没有如他所愿，他便降罪于她身上。

殊不知，那些事根本就不该沈橙橙负罪。

"沈橙橙。"乔意可抬起头，很认真地看着她。

沈橙橙侧过脑袋，看向乔意可。

"我欠你很多句对不起。"乔意可说。

可沈橙橙却不在意，她摆了摆手，说："朋友间，自然是相互亏欠。要不然凭什么成为朋友？如果非要偿还，那样的关系既不是朋友也不是恋人。那是债主和欠债人。所以，你不欠我什么，很多事情，我们都是心甘情愿的。不是吗？"

被她这么一说，乔意可又有些不好意思起来。

沈橙橙在一边吃饭，乔意可也不好打扰。他时而看看沈橙橙，时而看看林唯一。林唯一见他确实没什么事做，起身从自己的包里拿出了一沓纸，递了出去。

乔意可莫名其妙地接了过来，林唯一拉着椅子在他身边坐下说："你看看吧，这是我们找出来的东西。不管你是不是觉得我们在针对冯安妮，但是有些事情你必须要清楚。这不是回避就能解决的问题。"

"你完全不肯放过我。"乔意可苦笑。

"你有知情权，即便你不想知道。我知道我这样做很残忍，但是，我不忍心看到你最珍视的东西毁在你自己的手上。"林唯一说。

"你知道我最珍视的是什么？"乔意可反问，嘴边还有一丝若有若无的笑。

虽然，他的口气不算友好，但林唯一知道，他这样的反应并不是生气。

"难道不是向所有人证明自己？你想把手上的广告公司做好，出一口气？"

说话时，林唯一的表情云淡风轻。

乔意可下意识地点了点头，心里暗叹，果然是挚友，他最能明白自己的心思。

"所以，你就更应该好好地看看这些东西。"林唯一伸手，在纸上点了几下。

那些文件上，写明了冯安妮的罪状。她是如何借用乔意可的身份获取公司机密，又是如何将机密卖出一笔好价钱，从而让对手公司对乔家进行压制，还有她在乔意可不在国内的时候和谁交往，甚至乔意可回国后，她一脚踏两船。一边说是乔意可的女朋友，私下里还和那人继续来往。

冯安妮这些行为确实藏得很好，但纸永远包不住火。一旦泄露，自然燎原。并没有什么秘密，能藏到永远。

"好。"

说完后，乔意可开始认真地阅读那些文件，他空出的右手本是漫不经心地空悬着，越看到后面，他的拳头便捏得越紧，甚至连左手都紧紧捏着那沓纸，恨不得将它揉成一团。

他信任冯安妮，平日也不会瞒着她关于公司的信息。但是，到头来，这场信任只是笑话，对方说不定就在哪个角落里说他是个傻瓜。

乔意可忍不住气笑了，是啊，怪不得夏颜也要骂他。他确实该骂。误把敌人当成了救命稻草，可谁也不知道，这是割喉的利刃。

乔意可的手越抖越厉害，连说话的语调都变了。他没能看完，便摔下了那些东西，转头看向林唯一："你为什么不早点告诉我，为什么！"

"早点告诉你，你肯听吗？"林唯一反问，伸手握住乔意可的手："现在也不迟啊，而且我要她为自己的所作所为付出代价。她伤害了橙橙，她应该得到相应的惩罚。"

林唯一的话语里充满怒火。乔意可咬着嘴唇，也忍不住点了点头。

他对林唯一说："冯安妮毁了我的心血，我觉得扯平了。接下来，就是她欠我的了。"

沈橙橙出院那天，大家都来接她。

病房里，夏颜、苏莫青青、王璇、连恒和权佑一字排开，站在那里像是等待检验的部队。林唯一牵着沈橙橙，乔意可一反常态地拎着沈橙橙的东西跟在后面。沈橙橙忍不住感慨："我觉得自己好像女王。"

听到这话，乔意可白了她一眼："也就让你嘚瑟一天，美得你。"

沈橙橙回应道："是，是。你帮我拎多了东西，我还怕折寿呢！"

"是的，是的，他这模样，黄鼠狼给鸡拜年，不安好心。"夏颜补充了一句。

"话不是这么说的，即便乔意可肯当黄鼠狼，橙橙可不是鸡啊，你别瞎比喻。"林唯一适时出言。

众人哄堂大笑，气氛一下变得轻松起来，天气也格外的好，衬得一群人更是灿烂，几乎让旁人都挪不开眼。

一群人去了沈橙橙的家里。沈父和连母两人都上班走了，只有沈橙橙一个人在家。她身体还没完全恢复，自然不能尽主人的义务，所以，只有连恒忙前忙后了。

夏颜看不得连恒么辛苦，自然也跟着一起忙。沈橙橙坐在沙发上捧着温热的果汁对夏颜说："夏颜，快点嫁到我们家来，这样我就可以享福了！"

"喝水都堵不住你的嘴，就你话多！"夏颜站在厨房里，大声回答着。

林唯一轻轻搂了一把沈橙橙的肩膀道："你怎么不说早点嫁到我家来，你也可以享福了？"

沈橙橙抿着嘴，忍不住往他怀里钻，这可是难得的害羞了。林唯一看得心痒，于是，伸手轻轻点了下她的鼻头，便也没再继续说下去。

等大家都坐下来，乔意可这才开口说："之前的事情，真的很对不起，让你们担心了。"

众人有些惊愕，这可是乔意可第一次为什么事情道歉。曾经的针锋相对都没让他低下头来，居然这一次他倒是主动醒了神，回了头。

沈橙橙说了一句："嗯，态度很好，看来我那一下没白挨。能够让你回心转意，值了。"

夏颜也点了点头，说："这才像我的好弟弟。"

言语间，并没有人再去苛责乔意可，这和他曾经所想的局面大相径庭。乔意可想要开口再说点什么，此刻，却哽咽得说不出话来。

曾经的那些自以为是，在友情前根本不堪一击。

乔意可低下头，不想让大家看到自己的眼眶中的泪痕。他低声说了一句："谢谢。"

林唯一伸手，狠狠拍了一把乔意可的肩膀道："我们也有责任，没什么好对不起的，也没什么值得说谢谢的。你回来了，这样才是最好的。"

岁月里走失的乔意可，又回来了。

说完了这件事，大家自然而然将话题转向了冯安妮。夏颜说："我已经报警了，公司的录像我也拿了。乔意可，这件事情你千万不能退让。虽然，我知道你总怕对不起她，但橙橙受到了太多牵连，这件事，我不会让。"

乔意可摇了摇头："公事公办，你顺便把这些资料一并交上去。我对她的亏欠是对她的，但是，这些是公司的利益。有些事情要分开。"

说话时，乔意可的表情严肃，姿态磊落，大家都知道，他确实变了。

沈橙橙明白了林唯一的话，是的，乔意可长大了。他经历的风雨比所有人都多，心里的苦闷却无人诉说。曾经她以为乔意可是幼稚的纨绔子弟。可是现在看来，是她大错特错了。

乔意可的善良藏在冰冷的面具下，他的别扭是为了掩饰纯真，而现在，他终于找回了自己。

一码归一码，所有的事情回到了正轨上。

那天下午，他们商量好了所有的事情，各自分头回家，了结最后一桩心事。

那是年少时候无知的残留，为了摆平时光的最后一道坎坷，他们力求将此事了却，让所有人都不留遗憾。

三天后，警方将纵火嫌疑犯冯安妮捉拿归案，不日又请到沈橙橙去指认凶手。

沈橙橙在林唯一和乔意可的陪同下来到公安局，冯安妮虽然憔悴，但神情依旧桀骜不驯。她仰着脖子，根本不看沈橙橙和乔意可。

她根本没有半分悔过之心，反倒是轻飘飘地说了一句："真是运气好，居然没被烧死。你要给我哥哥去陪葬，我也算安了心。"

听到这话，林唯一还没动怒，乔意可却率先一拳砸到了桌上。

他的拳头和桌面发出了很大的动静，让冯安妮都忍不住缩了缩脖子。她抢白道："乔意可，是你欠我的，你居然还敢站在那人的身边！"

"我不欠你的，我所亏欠的自始至终都是冯雷恩。我错了，我不该以为你和他是一样的人。"乔意可的眼神犀利，看向冯安妮的时候，如利剑一般摄人，"你不配提到你的哥哥，他至少为别人着想过。而你，只是抱着你哥哥的尸骸蚕食最后的一点利益。"

说完后，乔意可摔门而去。那一声关门，仿佛将冯安妮永永远远地拒之门外，再也不会对她施以援手。

这个时候，冯安妮那股莫名的傲气终于消失了，她伏在桌面上，失声痛哭。

"你以为我想这样吗，我也不想的。我想让你们看得起我啊，为什么你们永远都将我拒之门外！"

她哭着吼着，最后跳起来指着沈橙橙大喊："都是你，你取代了我的位置。本来我才是享有这一切的人，为什么你没被烧死，为什么！"

林唯一怕她伤到沈橙橙，连忙将沈橙橙挡在身后，又示意警察将她带走。

但沈橙橙并不是软弱的人。她拨开林唯一的手臂，重新站到了冯安妮的面前。她说："没有人是应该去死的。你想要我们看得起，你就要做你自己。没有人能够取代另一个人，你这句话根本就是无稽之谈。朋友间靠得是缘分而不是强求，造成这样局面的，不是我，恰恰是你自己。"

说完后，沈橙橙走回林唯一的身边。两人往门外走去，推开门时，沈橙橙头也不回地说："你不会感到歉疚，那你就好好地赎罪吧。每做一件事，自有其代价。我还要谢谢你让我陷入那样的境地，毕竟，这让我们找回了乔意可。"

那扇门关起，隔断了两段时光，隔断了冯安妮和他们的关系。

沈橙橙和林唯一走出公安局的大门，阳光正好。乔意可站在一边，过长的刘海遮住了他的眼睛，让人看不分明。

林唯一走过去，说："怎么，心疼了？"

"什么话！"乔意可恶狠狠地看了过来，"我只是在想，冯雷恩的母亲那边，我还是应该每个月汇点钱去。毕竟，是我害她失去了儿子，现在女儿又这样。"

"如果你不方便，我去也可以。我们的补偿有限，授人以鱼不如授人以渔，长久下去，这样不是良策。"林唯一说。

"可是我想不出什么好方法。"乔意可说。

"没关系，我们的时间还很多，慢慢想。我们还有这么多人，一定能给你帮上忙。"沈橙橙走来，对乔意可说。

不远处传来鸣笛声，夏颜戴着墨镜从车里钻出来。她大声在那边喊："沈橙橙，苏莫青青和权佑成了，我是来报告好消息的！"

坐在副驾驶的连恒走下车来，揽住了夏颜的肩头："就你话多，我们去买束花送过去。"

说完后，连恒看了过来："你们三人也赶紧去'桥之中'，权佑说今天要给我们做大餐！说是庆祝沈橙橙康复，但实际上鬼知道他是想庆祝什么。"

"好，就来了！"林唯一应了一句。

沈橙橙看向乔意可，问："一起去？"

乔意可点了点头，说："走。"

沈橙橙突然想了什么："唯一，说好带我去看你的彩虹女神呢？"

林唯一拍了下脑袋："对，周六约大家一起去马场吧，我们一去看看 Iris。"

那年初春，清新如雨，琼月蹁跹，浮生未歇，所有时光，终究不负。